The wormhole forest

銀河ファンタジー
虫喰の森 ㊤

半井 [illegible]

目次

主な登場人物

天の川銀河の彷徨人

ヒカル：記憶を失くした少年

リサ：ダイノス人の少女

虫喰の森の仲間

トネリー：銀河の物知り博士

シュガー：梟姉妹の姉、生物学のエキスパート

ミルキー：梟姉妹の妹、物理・化学のエキスパート

ラッキー・タイガー：虫喰の森の戦士

ハッスル・ベア：虫喰の森の戦士

ナパイア・ティーノ：希望の谷の妖精

ホワイトローズ・マーリー：白い魔女

クリーン・ドラゴン：ドラゴンエクスプレスの職員

虫喰の里

虫喰の森の長老：虫喰の森が生まれた時から存在する守り神

虫喰の森（**ロックヒル**）

モノリス：虫喰の森の長老の補佐

ダーク（**銀河の文明を滅ぼすマイナス・エネルギー**）

ゼナーゼ：ワームホールを通って虫喰の森に迷い込んでくる黒い悪魔や黒い野獣

黒い魔法使い：不死身な身体を持つ邪悪なマイナス・エネルギー

黒い魔女：同右

第一章　北の森

1

夜明け前、森は深い眠りについていた。紫色の霧は何処までも濃く時は凍っていた。ひと際大きなニレの巨木に空いた洞が突然明るく輝きだし、少年を勢いよく森へ放り出す。ばさっと小さな音が一瞬静寂を破り、地面に厚く積もった落葉が軽く舞い周囲の霧が僅かに揺らいだが、直ぐに静けさを取戻した。

少年は仰向けのまま落葉の上で放心していた。体は金縛りにあったように動かない。湿った霧が体に纏わりついてひんやりとした感覚が体を駆けていたが不思議と寒さは感じなかった。心地よい気だるさが全身を包んでいた。

遠くで鳥の囀りが聞こえはじめ、森が緩やかに時を刻みだした。少しずつ明るさを取戻し、霧は藍から蒼へ、そして乳青色へとゆっくり変化する。

霧はゆっくり流れはじめ、氷が溶けるように徐々に金縛りから開放され少年はゆっくり身体を起こした。まだ立ち上がって森を散策しようとするまでの気力はなかった。こういうときに空を飛べたらいいのにと、ふと思った瞬間体が風船のように軽く感じられ宙にぽっかり浮かんだ。嘘だろう……

体を前に倒すと空中を滑るように動く。初めはぎこちなかったが次第に慣れ、少年は緩やかに飛びながら樹々の間を抜って進んだ。幾星霜を経た巨木の森が何処までも続いている。いつしか夜は明け黄緑色の柔らかな光が優しく森を包んでいた。見下ろすと落葉を押しわけてあちらこちらから野草が顔を覗かせている。芽吹いたばかりの草もあれば、白や黄色の可憐な花を咲かせているのもある。すでに群生して緑の絨毯を敷いている草もあった。見上げれば樹々はどこまでも高く伸びていた。真直ぐ伸びているのもあれば幾重にも枝分かれした木もある。落葉樹が多く、裸の枝や枯葉の残った枝から新芽が大きく膨らんでいるのもあれば、すでにパステルカラーの若葉を茂らせている木も見られた。

どれくらい飛び続けたろうか。柔らかな光は次第に明るさを増して薄緑色に変化し、さらに優しく暖かく森を包んでいく。

「坊や、何処から来たんじゃ？」

突然語りかけられ少年は吃驚して辺りを見回す。朽ちた倒木に老人が腰かけて穏な笑顔を向けていた。真っ白な長髪と長い髭、痩身な体に灰色のローブを纏って仙人杖を突いていた。

「何処からって……突然光の渦に巻き込まれ、気がついたらこの森にいたんだ」

「何処で光の渦に巻き込まれたんじゃ？」

重ねて尋ねられて少年は戸惑った。「何処と聞かれても……え、なぜだろう？　名前も、何処から来たかも、家族や友達のことも何もかも思い出せない」

「ふむう、それは困った。記憶を失くしてこの森に迷込んでくるとは珍いのう」

「あ、貴方は誰なの？」

「これは失礼した。儂の名はトネリー、この森の住人じゃよ。時々旅人の案内役も勤めておる。坊やのような迷子を助けるのも儂の役目じゃよ」

「僕を助けてくれるの？」トネリーの言葉は焦燥と心細さが込み上げていた少年の心に一条の光を射した。

「勿論じゃよ。儂の仕事じゃからな」

トネリーは倒木からふわりと舞い上がり、少年と肩を並べて大樹の間を縫ってゆっくり空中を飛びながら言った。

「一見多くの星で見かける有り触れた森のようじゃが、ここは天の川銀河のコアにある虫喰の森と呼ばれる異次元世界なんじゃ。天の川銀河が誕生したときにこの森も生まれたそうじゃ。森が無くなると銀河も消滅すると伝えられておる」

「森が無くなると銀河が消滅？」

「銀河は膨大なエネルギーを放出しながら成長を続けるそうじゃ。過剰なエネルギーを制御しないと不安定になり消滅してしまう。虫喰の森は天の川銀河の成長過程で発生する過剰なエネルギーを制御して銀河系を安定化させる、言わば異次元のスタビライザーとして機能しておるんじゃ。この森は天の川銀河の出す過剰なエネルギーを吸収しながら広がっておるんじゃよ」

「どんな銀河にもこのような森が一つはあるらしいわ」

唐突に割り込む声があった。行く手に目を凝らすと、ブナの巨木の枝から金色と銀色に輝く二羽の梟が少年に好奇の眼を向けていた。少年は梟が語りかけるとはと一瞬驚いた。しかしこうしてトネリーと並んで空を飛んでいる自分を思うと不思議と違和感は消えていった。ここは魔法の森に違いない……

「ミルキーにシュガーか。一瞥以来じゃのう。儂と坊やの話を聞いておったのか」

トネリーの話に割り込んだ金色の梟が飛び立って少年の肩に止まった。

「トネリー、久しぶりね。三年ぶりかしら。相変わらずお元気そうで何よりだわ。あたいたち梟は耳がいいからいやでも聞こえちゃうのよ。少年君はじめまして。あたいはミルキー、トネリーと同じ虫喰の森の住人なのよね」

続いて枝から銀色の梟が微笑んだ。

「私はシュガー、ミルキーの姉よ。久し振りにこの辺りに来たのだけど、トネリーに会えるとは思わなかったし彷徨人と一緒とは奇遇ね。これも何かの縁でしょう。私たちも貴方の力になるわ。トネリーと同じでそれが私たちの仕事なの」

「あ、ありがとう。ところで彷徨人って？」

透かさずミルキーが応じた。「彷徨人にはワームホールが関係してるのよね」

「ワームホールのことは知ってる。宇宙は膨張する巨大な球の表面に広がる三次元空間に譬えることができるんだ。もし球の内部を抜けられれば、瞬時にして遥か彼方の宇宙に移動できる。球には幾つもの穴が空いていて虫喰の穴、つまりワームホールと呼ばれてるんだ。でもこれって空想の物語だと思うけど」

「概ねその通り、話が早いわ。少年君は物知りね」

「どうやら僕は自分のこと以外の記憶は残ってるようだ」

「ふーん、いわゆるエピソード記憶の喪失というやつね。ところでワームホールは空想ではなく天の川銀河に現実に存在するわ。球の内部に複雑なネットワークを形成してるのよ。しかも閉じたり開いたり、また絶えず移動してるからややこしいのよね。実はこの森はワームホールの中継地にもなってるの。虫喰の森と呼ばれてる所以ね。だからときどきワームホールを通って虫喰の森に迷い込んでくる人たちがいるの。少年君もそんな一人かと思ったのよね。あたいたちは彼らを彷徨人と呼び、然るべく手助けをして故郷の星に帰してあげてるのよ」

彷徨人の手助けをすると聞いて少年は少し落ち着きを取戻した。

トネリーは地上に下りて近くの倒木に腰かけた。少年もトネリーの横に落ち着き、ミルキーはシュガーの止まっている枝の横に戻った。

「シュガーとミルキーは虫喰の森の偉大な科学者なんじゃよ」

「え、そうなの！」

トネリーは微笑みながら続けた。「この森には、天の川銀河で生まれた文明の情報もエネルギーとなって絶え間なく降注いでおるんじゃ。それらのなかには科学知識も含まれておる。ミルキーは物理・化学に関する知識・知見を余すことなく吸収することができるんじゃ。同じようにシュガーは生物に関する最新情報を更新できるので、共に天の川銀河最強の科学者というわけなんじゃ」

「そういうトネリーは銀河の物知り博士なのよね」ミルキーがつけ加えた。

シュガーが嬉しそうに言った。「久しぶりに彷徨人を故郷に帰すという私達の仕事が舞い込んだわね」

「それでは皆様、少年君を故郷に帰す冒険の旅にでましょう」

ミルキーは高らかに冒険の旅の始まりを宣言した。

冒険の旅だって？　ちょっと大げさじゃないか……

いつしか森を漂っていた霧は晴れ、薄緑色の空気は透き通り、林床（森の地面）に咲く色とりどりの草花を輝かせていた。トネリーと梟姉妹は少年を連れて再び巨木の間を縫いながら森の奥へと進んでいった。

「とにかくまず少年君の記憶を取戻す方法を見つけることが先決ね」

シュガーが同意した。「記憶さえ取戻せれば故郷に帰る手段はあるわ」

記憶が戻れば故郷に帰れる……。少年の淡い期待を感じとったトネリーは横に並んで語りだした。

「虫喰の森は別名魂の杜とも呼ばれておるんじゃ。森の境界に大きな湖があってその周りを無数の沼が取り巻いておる。魂の沼といってそれぞれの沼がワームホールの入り口になり、生物のいる星に繋がっておるんじゃ。沼の状態が生命活動の状態を現しておって、小さく水が澄んでおるのは生命が誕生して間もない星、大きく滾々と水が湧き出ておるのは順調に進化を続け生命に溢れておる星じゃよ」

「トネリーさん」

「待った、待った。儂のことはトネリーと呼んでくれ。ここでは『さん』づけで呼ぶものは誰もおらん。ミルキーやシュガーを呼ぶときも同じじゃよ」

「じゃあトネリー、魂の沼で僕の星に繋がる沼が分かれば故郷に帰れるんだね」

「そうじゃよ」

「ところでいつまでも少年君じゃまずいよね。君に名前をつけようよ」

ミルキーの提案を受けてシュガーが少年に問いかけた。「まず君から思う名前があれば言ってくれると有難いわ」

「僕は光の渦を通ってこの森に来たから……ヒカルでいいかな?」

「ヒカルか、良い名じゃ」

シュガーもにっこり笑って同意する。

「ヒカルに決まりだね。それじゃあヒカル、そして皆もあたいについてきて」ミルキーは勢いよく空に舞い上がった。

「突然どうしたんじゃ。何か閃たんか?」

トネリーが慌てて後を追うとヒカルが続き、シュガーがヒカルの飛翔を見守りながら空に上っていった。

　樹海が果てしなく続いていた。広葉樹や針葉樹と思われる暗緑色や濃緑色の森を縫って広がる落葉樹のパステルカラーの濃淡が春の訪れを告げている。空は抜けるように青く澄んで柔らかな光に溢れていた。でも何か変だ……

「太陽が見えないけど？」

「ここは天の川銀河のコアにある異次元空間で銀河系宇宙ではない、つまり惑星系というシステムはないんじゃよ。惑星系のことは知っとるかね」

「えーと確か、自ら光を発する恒星の重力によって結合された惑星が一つ以上あるシステムのことだよね」

「その通りじゃ。ヒカルは科学の基礎知識がしっかりしておるようじゃな」

物理と化学を得意とするミルキーが割り込んだ。「虫喰の森に降注いでいる光は、恒星の光ではなく天の川銀河から放出される過剰なエネルギーなの。だからここには太陽はないのね。エネルギーは大きな波となって降注いでるのよ。波には山と谷があるのは分かるわね。今は夜明けからそれ程経っていないので、大きなうねりの頂点に向かって小さな波が次々に被さって押し寄せ、降注ぐエネルギーがどんどん増えてるの。やがてエネルギーの波は山を越えて谷に向かい、降注ぐエネルギーが徐々に減少して虫喰の森に夜が訪れるの。昼と夜の時間は一定の周期で変動していて虫喰の森に四季を齎してるのよ」

「今は春なんだね」

「その通り。ところであたいが上空まで皆を連れてきたのはヒカルに虫喰の森の景色を見せるためじゃないわ。あれこれ考えるよりモノリスに尋ねようよ」

「分かったわ、ロックヒルね。北の森、つまりこの森にあるわ」

シュガーが羽を広げると、右の風切羽から小さな杖が飛びだして大きく伸びてくる。スカイタクシーと念じると杖が三度振れて青空のなかに緑色の雲がモクモクと湧き出てくる。雲が薄れると緑色の建物がぽっかりと浮かんだ。駅舎のような建物で、屋根に『ドラゴン・エクスプレス』と看板が掛かっている。

「凄い、シュガーは魔法使いなの？」

「別に凄くはないわ。魔法の杖でスカイタクシーを呼んだだけよ」

「虫喰の森の住人は皆魔法の杖を持ってるの？」

「誰もというわけではないが、虫喰の森の長老から選ばれて使命を与えられた者は皆持っておる。長老とは虫喰の森が生まれたときから存在する守り神のことじゃ。儂は彷徨人を助けるのが使命じゃし、シュガーやミルキーも同じじゃ。他に、例えば虫喰の森には戦士もおる。森の安全を守るのが彼らの使命じゃよ」

「戦士がいるって、虫喰いの森は安全じゃないの？」

「天の川銀河から降注ぐエネルギーのなかには邪悪なエネルギーもあるんじゃ。エナーゼといって、悪の姿に変身して虫喰の森の住人を襲たり樹木を枯らすこともある。またワームホールを抜けて迷い込む者たちが必ずしも良い者たちとは限らん。邪悪な魂を持つ者は虫喰の森に迷い込むと悪魔に変身してしまうので彷徨人とは容易に区別できるんじゃが、そのような者たちから森の住人や彷徨人を守るために戦士がおるんじゃ」

「ふーん、虫喰の森って平和そうに見えて結構大変なんだ」

「戦士が出動するような事件は度々あるわけではないから心配せんでもよい」

「それじゃあスカイタクシーが来るまで一休みね」真先にミルキーが駅舎に入ってベンチで羽を休めた。

2

駅舎のベンチでは三年ぶりの再会ということでトネリー、シュガー、ミルキーの間で積もる話に花が咲いていた。

「そういえばあのときの少女は元気にしているかしら……確かリサだったわね」

思いだしたようにシュガーが言うとミルキーが懐かしそうに応じた。「ボーイッシュで可愛い少女だったわね。お転婆で気が強すぎるのが玉に瑕だったけど」

「おいおい、ミルキーがそう言うか」トネリーが笑いながら茶化してヒカルに解説した。「三年前に虫喰の森に迷い込んできた彷徨人じゃよ」

「僕と同じ記憶喪失だったの？」

「いや、記憶は凄く鮮明で故郷の星も直ぐ分かったわ。だけど何度もゼナーゼに襲われたのよ。ゼナーゼというのはワームホールを通って虫喰の森に迷い込んできた悪魔のことよ。結局戦士の助けも借りてゼナーゼを倒し、リサを無事故郷に帰すことができたわ」シュガーがしみじみと語った。

そのとき駅舎に心地よい鈴の音が流れて話が途切れた。


チリン、チリン、チン、チン、リン、リン、チリン、チンチロリン……


「やっとスカイタクシーが来てくれたようじゃな」

西の空の彼方から風を切って猛スピードで駅舎に近づくものがあり、急ブレーキを掛けて忙しく駅舎の前に止まった。体長十五メートルはありそうな大きな緑色の龍にヒカルは目を剥いた。

「いやー皆さん、長らくお待たせしました」外見に似ずテナーの陽気な声が響く。

「クリーンが来てくれたんか。どおりで早いわけじゃな」トネリーが皮肉った。

「もっと早く着けるはずだったのですが、実は――」

「毎度の事じゃから言いわけはよい。それより早く出発してくれんか」

「了解でーす。それでは皆さん、私の背中に乗ってください」

トネリーがクリーンの背中に乗ると皆も後に続き思い思いの場所に陣取る。

「出発しまあす」クリーンは一息吐いて大空に舞い上がった。

「ところでトネリー、何処まで運べばいいのですか？」

「ロックヒルじゃ」

「それじゃ、反対方向だ！」慌てて大きく南に旋回し高度を上げていった。


高く上がるに連れて広大な虫喰の森の全容が見えてきた。樹海のなかに山脈や独立峰の山々が散見され、なかには雪を頂いた峰々もある。森や山々の間を縫って大小の川が流れ、幾つもの湖沼と繋がり、或いは大きな湿地に分け入っている。

「坊やとは初めてですね。私はクリーン・ドラゴンです。この森の住人で輸送が私の使命です。頼まれれば人でも物でも何でも運ぶのが仕事です」

「ヒカルです。いや、記憶を失っているので本当の名前は分からないんだ」

「ヒカル君ですか。それは難儀ですね」

「ヒカルは彷徨人じゃよ。儂たちはヒカルの記憶を取戻す旅をはじめたところじゃ」

「そうなのですか、それでロックヒルなのですね。いろいろ事情がありそうですが記憶を取戻す方法が見つかるといいですね」

クリーンは南に向かってスピードを上げていく。眼下の森は矢のように過ぎ去り、遥か彼方の山脈があっという間に後方に消えていく。さらにスピードが上がると森も山も確認できなくなり、周囲は虹色に光る大河となって後方に流れ、やがてあまりに速すぎて流れさえも認識できなくなった。亜高速はほんの一瞬で終わり、再び光の河が流れてさらに減速して徐々に森や山が戻ってくる。

「皆さあん、もう直ぐロックヒルに到着しまあす」

——突然辺りが俄かに掻き曇り、冷たい風が吹いて黒雲が湧きだし瞬く間に空を覆っていった。雨が激しく降りだし、稲妻が走り、鋭い雷鳴が轟く。


ドドドドドドーン、ピシャッ、バキバキバキバキー……

みるみる風が勢いを増してくる。黒雲のなかに黒い塊が現れ、二つの大きく血走った赤い目がクリーンを睨みつけた。黒い塊は黒い悪魔に変身し、長い尾を靡かせてクリーン目掛けて猛スピードで突進してくる。クリーンは咄嗟に頭を巨大にし、大きな口を目いっぱい広げて悪魔を威嚇した。

ガオォオオオオオオオ……

黒い悪魔は大きく口を開けて突然巨大化した龍の頭に一瞬怯んだ。あわや呑み込まれる寸前で体を躱し、直ぐに反転してクリーンの頭上に回ると、持っていた黒く長い杖をクリーンに向けて杖の先から鋭い稲妻を放った。

ビシャアアア……

稲妻に撃たれクリーンは体が痺れて動けなくなった。ヒカル、トネリー、シュガー、ミルキーは衝撃で空中に弾き飛ばされ深い森に落ちていく。クリーンは痺れながらもヒカル目掛けて猛スピードで急降下する黒い悪魔を目の端に捉えた。

ラッキーはいつものように森をパトロールしていた。天の川銀河から降注ぐエネルギーのなかには邪悪なエネルギーもあり、悪の姿に変身して虫喰の森の住人を襲たり樹木を枯らすこともある。

放っておくと次々合体して強力になり手がつけられなくなる。脅威にならないうちに退治するのが日課であった。

　唐突に背筋が寒くなり鳥肌が立つような凄まじい気配を感じた。いつもの邪気とは桁が違う。突然明るかった森のなかが暗闇に包まれ滝のような雨が落ちてきた。一気に宙を駆け上って森を抜けて見上げると、上空は黒雲に覆われ稲妻が走り、凄まじい嵐になっている。少年が黒雲を縫って落ちてくる。直ぐ後から黒い悪魔が猛スピードで少年を追いかけて急降下してくる。ラッキーは咄嗟にテレポーテーションして間一髪少年を抱え、悪魔を躱しながら後ろ足で頭を蹴り上げる。悪魔は一瞬怯んだが直ぐに反転し、右手の杖を大きな鎌に変えてラッキーに襲いかかったが……ラッキーの姿が消えた。


　黒い悪魔が去ると嵐は嘘のように鎮まり青空が戻ってきた。まだ完全とは言えないが痺れは間もなく治まりはじめたので、クリーンは森に落下していったヒカル、トネリー、そして梟姉妹を探すために力を振絞って急降下していく。

「おーい、ヒカルウウウー、トネリーイイイー、シュガーアアアー、ミルキーイイイー。無事ですかあああー、聞こえたら答えてくださいいいー……」

　皆が落下した辺りの森の上空を何度も広範囲に旋回して大声で叫び続けたが何の応答もない。諦めかけて捜索範囲をさらに広げようとしたとき、森の奥から微かだがしっかりした声が聞こえた。

「おーい、こっちじゃ、こっちじゃ」

「トネリー、無事だったのですね。今行きますよー」

この辺りの森は照葉樹が密集していて春だというのに葉が生い茂っている。クリーンは体を五メートル程に縮め、声が聞こえた辺りに見当をつけて森に飛び込む。表面にクチクラ層を持ち厚めで光沢がある照葉樹の葉は光を遮ってしまうので森の奥まで光が届きにくい。しかし太陽と違って虫喰の森の光は天の川銀河から降注ぐエネルギーなので透過性が高く、枝葉が生い茂る照葉樹の森のなかでも光が届いて明るく林床の草花にも春が訪れていた。

先に気づいたのはトネリーだった。森の一角に低木に囲まれた小さな泉があり、赤や黄色の可憐な草花が低木の周りを囲むちょっとした広場になっていた。

「ここじゃ、ここじゃ」トネリーが泉の傍に立って手を振っている。

クリーンはトネリーの傍に降りてきた。「無事にまた会えて良かったです」

「おまえさんも怪我はなかったか?」

「大丈夫です。ちょっと痺れただけですから。ところで他の皆さんは?」

「シュガーもミルキーも無事じゃよ。ヒカルの行方がわからんので今手分けして探しているところじゃ」

「実は……」クリーンは一呼吸置いて顔を曇らせて続けた。「黒い悪魔の稲妻に撃たれて痺れて動けなくなっていたとき、落下していくヒカル目掛けて猛スピードで急降下する黒い悪魔を目の端に捉えたのです」

「何と、それじゃあ黒い悪魔の標的はヒカルじゃったんか！」トネリーは吃驚して思わず大声を上げた。

「私は体が痺れて動けず直ぐに後を追えなかったのが情けなくてしょうがないのですが、確かに黒い悪魔はヒカルを狙っていたのだと思います」

「クリーン、そう悲観せずともよい。おまえさんの所為ではないんじゃから。それにしても……」黒い悪魔、あれは確かにゼナーゼじゃった。なぜゼナーゼがヒカルを狙うんじゃ？　それより何よりヒカルは無事なんじゃろうか……

トネリーの大声を聞きつけて、立て続けにシュガーとミルキーが戻ってきた。クリーンは二人にも、ヒカルのことを話した。

シュガーが悲痛な声を上げた。「黒い悪魔、あれはどう見てもゼナーゼだわ」

「それでは、黒い悪魔が私に放ったのは稲妻ビーム（ゼナーゼが放つマイナス・エネルギー砲）だったのですね」だから体が痺れて動けなくなったのだ。クリーンは空輪を業務としているので、自然現象で起こる落雷で体が痺れて動けなくなる程軟な体ではなかった。

「相手がゼナーゼじゃあヒカルは一溜まりもないわ！」

「ミルキー落ち着くんじゃ。ヒカルは襲われそうにはなったがまだ襲われたと決まったわけじゃあない。はっきりするまでは希望を捨てんことじゃ」

トネリーは湧いてくる胸騒ぎを必死に抑えながらクリーンに尋ねた。「クリーン、ロックヒルまではまだ遠いのか？」

「いえ、すでに九万九千九百九十四キロ飛んできましたから、あと五キロ程です」

「もう目と鼻の先まで来ておったか。それは良いニュースじゃ。ここでヒカルの安否を気遣っていても埒があかん。ゼナーゼの襲撃を逃れて森のなかを彷徨っている可能性が無いわけじゃない。探しながら森を抜けてロックヒルに行き、モノリスに尋ねてみよう。ヒカルの記憶喪失のことも、なぜゼナーゼに狙われておるのかも、ひょっとしたら何か手がかりが掴めるかもしれん」

「私もお供します。黒い悪魔の稲妻ビームを防げなかったのは私の責任です。本当に情けないです」

「クリーン助かるよ。おまえさんが一緒じゃと多少は心強い」

一行はヒカルを探しながらロックヒル目指して森のなかを進んでいった。

漆黒の闇のなかを意識があてどなく彷徨っていた。気がつくと闇の奥から真っ赤な二つの目が近づいてくる。両眼を囲むように薄っすらと炎の環が現れたちまち勢いを増して燃上り、悪魔の姿をした炎の輪郭が浮かびあがってくる。右手に長い鎌を振りながらメラメラと燃盛る尾を靡かせ、目を血走らせてぐんぐん迫ってくる。ヒカルは張り裂けんばかりの恐怖を覚え、身を翻して一目散に駆けだすが宙を蹴っているようでちっとも進まない。迫りくる凄まじい恐怖を犇々と背中に感じた。もうだめだ。『うわあああ……』声にならない叫び声を上げた瞬間、目の前に虹色に輝く大きな光の渦が現れてヒカルを呑み込んだ。

「坊や、気がついたようだな」

目を開けると大きな虎が見下ろしていた。一瞬吃驚したが、親気な表情と穏やかな眼差しに次第に気持ちが落ち着いてくる。ヒカルはフカフカした苔の絨毯の上に寝かされていた。

「僕、どうしたの？　貴方は誰？」

「それより一体何かあったのだ？」

「……そうだ、クリーン・ドラゴンに乗って空を旅していたら突然嵐になり、黒い悪魔が現れて僕らを襲ったんだ。その後のことは……思い出せない」

「そうか、この辺りをパトロールしていたら突然前触れもなく暗闇が広がって嵐が襲ってきた。何か起こったに違いないと空に駆け上がったら、黒雲を縫って坊やが落ちてきた。俺は坊やを抱えテレポーテーションでここまで運んだのだ」

「それじゃあ貴方が僕を助けてくれたんだね。ありがとう」

「礼には及ばない。それが仕事だから。俺はラッキー・タイガー、この森の住人で戦士をしている。森の安全を守るのが俺の使命だ。見たところ虫喰の森の住人ではないようだが……」

「トネリー……えーと、仙人みたいなお爺さんのトネリーたちによると、僕は虫喰の森に迷い込んだ彷徨人らしいんだ」

「トネリーのことは知っている。彼もクリーンに乗っていたのか？」

「梟姉妹のシュガーとミルキーも一緒だったよ」

「なんと、彷徨人の坊やとトネリー、シュガー、ミルキーが一緒にクリーンに乗って旅していたのか。もう少し詳しく話を聞かせてくれ」

ヒカルは、虫喰の森で目覚めたときからの経緯を掻い摘んで語った。

「そうか、ところで黒い悪魔に襲われた理由について何か心当たりはないか？」

「ないよ。僕は記憶を失くしてるので何も分からないんだ」

「ごめん、ごめん、愚問だったな。実は……」ラッキーは少し躊躇したが思いきって続けた。「ヒカルが黒雲を縫って落下してきたとき、後から凄まじい勢いで黒い悪魔がおまえを追って急降下してきた。俺は寸でのところで救うことができたが、あいつは確かにおまえを狙っていた」

「そ、それじゃあラッキーがいなかったら僕は黒い悪魔に襲われてたんだね。ということは」黒い悪魔は僕を襲うためにクリーンを襲撃したんだ――

ラッキーは突然湧いた恐怖で戦慄が走ったヒカルの肩に優しく触れ、力強く言った。「大丈夫、俺がついている。ヒカルのことはしっかり守るから心配しなくていい。それがこの森での俺の仕事であり戦士としての使命なのだ」

ラッキーの力強い言葉に励まされて少し気持ちに余裕がでてくると、ヒカルはトネリーや皆の安否が気になってきた。そのとき、ヒカルの思いに答えるかのように森の奥から微かにヒカルを呼ぶ声が聞こえてきた。

「ヒカルう、おーい、ヒカルう……」トネリーの声、無事だったんだ。

「ヒカルくうううん、どこなのー……」

あれはミルキーだ。ヒカルは飛び上がって叫んだ。「おーい、僕はここだよー」

「あー、ヒカルねー、聞こえたわー。無事なのねー」シュガーも答えてきた。

森の奥からクリーンが姿を現し、一目散に飛んできた。「ヒカル、無事だったのですねー」

トネリーたちも後を追うようにやってきた。

ヒカルの無事を確認したトネリーは、ラッキーに親気な顔を向けた。

「ラッキー、久しぶりじゃ。おまえさんがヒカルを助けてくれたんか?」

ラッキーはヒカルを助けた経緯を掻い摘んで皆に聞かせた。

「ラッキー、ヒカルを救ってくれてありがとう。偶然近くの森をパトロールしてくれてて本当によかったわ」ミルキーはラッキーの肩に止まって首に頬ずりした。

「この辺りの森は殆どパトロールしたことはないので偶然といえば偶然なのだが、最近この地区で邪悪なエネルギーが降注いでいるらしいとの情報があったので見回りにきたのだ。現れたのがゼナーゼで驚いているところだ」

「やはり黒い悪魔はゼナーゼか？」

「間違いない。でも、なぜ虫喰の森に迷込んだばかりのヒカルを襲うのだ？」

「それは分からん。もしかしたらヒカルの記憶喪失と関係あるかもしれん」

「予定通りモノリスに聞くしかないわね。ロックヒルはもう近いのかしら？」

ミルキーの問いにラッキーが頷いた。「ほんの五十メートルで森が開ける。そこがロックヒルだ。そうと決まれば急ごう」

「おまえさんもヒカルを故郷に帰す冒険の旅に加わってくれるんか？」

「勿論だ。彷徨人を守るのは戦士の使命だ。ゼナーゼがヒカルを狙っていると分かればなおさら放っておくわけにはいかないだろう」

「それにしても偶然にしては不思議な縁だわね。三年前にリサを助けて旅をしたメンバーが揃てる」

ミルキーも頷いた。「これでハッスルが居れば三年ぶりに全員が揃うわ」

トネリーは、ミルキーとシュガーの会話に漠然と何か引っかかるものを感じた。本当に偶然なんじゃろうか……

「皆、ありがとう。何だか僕のために大変な旅になりそうだけど……」

思わず口に出たヒカルの心配そうな様子にラッキーが力強く励ました。

「心配することはない。俺たちがついている。旅はきっとうまくいくよ」

3

森を抜けると草原が広がっていた。

「あちらこちらで岩が突き出ておるじゃろう。この辺りは巨岩が幾つも積み重なった地形をしておるのでロックヒルと呼ばれておるんじゃ。そしてあれがモノリスの城じゃ。城と言っても岩山じゃがが」

草原の彼方に切立った山が見える。まだかなり距離がありそうだ。クリーンは再びヒカル、トネリー、シュガー、ミルキーを背中に乗せて、ラッキーと共にモノリスを目指して猛スピードで空を駆けた。

巨大な花崗岩質の一枚岩が地上から生えたように天に向かって伸びていた。ヒカルは切立った崖を見上げた。高さは五百メートルを優に超えそうだ。

「それじゃあモノリスに会いに行こう」

ラッキーは岩山の麓に向かってゆっくりと歩きだす。突然透明な壁をすり抜けるように姿が消えた。

「次はヒカルの番じゃ」

促したトネリーの顔から一瞬不安が過ったようにヒカルには感じられた。他の皆も心なしか固唾を呑んで見守っているようだ。ヒカルは一瞬躊躇ったが、進むしかないと意を決し、両手を前に突きだしながら崖に向かってゆっくり歩きだす。指先が何かに触れた。瞬間強烈な光が全身を貫き目の前が真っ白になる。ヒカルは体半分見えなくなった状態で硬直した。

「だめじゃったか」トネリーが溜息する。

「でも体半分までは入れたから」シュガーの言葉に誘われるように姿が消えた。

「モノリスの城へようこそ」

ラッキーがエメラルド色の透明なクリスタルの床に立って笑顔を向けていた。床はまるで鏡のように穏やかな大海原のように何処までも広がり、空気も澄んだコバルトブルーの光に満ちていた。見上げると抜けるような青い空が果てしなく続いている。振り返るとトネリーたちが幻のように大海原から現れてきた。

「ヒカル、次元バリアを通れてよかったわ」シュガーが安堵した表情で続ける。「私たちのように長老から使命を与えられた虫喰の森の住民は次元バリアを通ることができるの。長老から授かった魔法の杖はこの森における信頼の証でもあるのよ。魔法の杖のない者は単独では通れず、魔法の杖を持つ者との同伴が必要なの。だからラッキーが先に次元バリアを抜けたの。でも同伴すれば誰でも通れるというわけではないの。邪悪な心を持つ者は通ることができないのよ」

「僕はバリアを抜けるとき一瞬強烈な光を受けて体が硬直して動けなくなったけど、悪い心が疑われたからなの？」

「それは違うわね。邪心があれば次元バリアがあることさえ分からないわ。バリアの仕組みは単純なのよね。宇宙では虫喰の森のような異次元空間も含めて万物はすべてプラスとマイナスに分かれるの。良い心はプラス・エネルギー、悪い心はマイナス・エネルギーなのね。次元バリアはプラス・エネルギーを強く感知したときだけ開くのよ。ヒカルは良い心の持ち主として証明されたのよね」

「ミルキーの言う通りじゃ。ヒカルがいっときバリア内でフリーズしたのは、虫喰の森を訪れたのが初めてなのでモノリスがヒカルのことを調べたんじゃろう。無事次元バリアを通れたのでヒカルを受け入れたんじゃよ」

皆が揃うとクリスタルの床に忽然と周囲より緑が少し濃さを増し微かに光輝く道が現れ、奥へと延びていった。

突然梟姉妹とクリーンがそれぞれ身長一・五及び二メートル程の鳥人間と龍人間に変身したのでヒカルは吃驚した。

「ここでは飛ぶことができないのよね。歩くには変身したほうが楽なのよ」

道を辿っていくと、間もなく薄紫の霧が湧きだし一寸先も見えなくなった。構わず進むとやがて霧は次第に上空から晴れ、クリスタルでできた巨大なストーンサークルのある広場にでた。足元は相変わらず薄紫の濃い霧が漂っていたが、高さ三十メートルはありそうな十三本の柱が黄緑色の淡い光を放ってモノリスを囲んでいた。幅三メートル、高さ七メートル、奥行き一メートル程の石板で黒曜石のような材質でできており、表面は鏡のように滑らかだった。皆はヒカルを先頭に一塊になり、自然と厳かな雰囲気に包まれてモノリスを見上げた。

ヒカルが目を開けるとクリスタルの床に横たわっていた。薄紫の霧は晴れ、ストーンサークルもモノリスも消えていた。トネリーや皆も近くにいて、ヒカルと同じように意識が戻ったばかりのようだ。

「ヒカル、大丈夫？」シュガーの声がした。

「うん、平気だよ。でも何か変なんだ。モノリスを見上げたところまでは覚えてるけど、その先が記憶にないんだ。でも……」

「モノリスのメッセージだけは頭に残っておるじゃろう」

「あたいも何度かモノリスに面会したことがあるのよね。でもいつも決まって必要なメセージだけが残って後は記憶から消えてるのよ。だからモノリスとは何なのか、未だに一切闇のなかなのよね」

「メッセージじゃが……」トネリーが代表して披露した。


東の森の希望の谷に行き希望の剣を授かること

ミルキーが言った。「ここから東の森の端まででも三十万キロはあるわね」

「虫喰の森に森は幾つあるの？」

「そもそも虫喰の森はじゃ……」トネリーが応じた。「銀河の星々と同じ球体で極と赤道もあるんじゃ。北極にはここ、つまり北の森が、南極には南の森がある。赤道は東の森と西の森が取り巻いておる。四つの森に隣接してもう一つ中央の森があるんじゃ。森の境には幅千キロ程の大河が流れておって五つの森を隔てておる。先程ミルキーが話したように、虫喰の森の光は恒星の光ではなく天の川銀河から降注ぐエネルギー波なんじゃ。この波はどの方向からも均等に降注ぐので、どの森でも同時に朝が来て夜になり、四季の訪れも同じで今はどの森も春なんじゃ。」

「あたいは希望の谷に行ったことがないんだけど、誰かどんな所か知ってる?」

「パトロールで訪れたことがある。この数千年平穏な日々が続いているので最後に見回ったのは丁度百年前だ。冬でも雪が降らず四季を通じて寒暖の差がそれ程激しくないのでいろいろな草花が咲き乱れている。自然が美しい山深い渓谷だよ。渓流沿いにズアーフという小人族の集落がある」

「要するに平和で自然が美しい一年中温暖な渓谷ということね。良さそうなところじゃない。そろそろ昼になるし早いとこ希望の谷へ行こうよ」

ミルキーの言葉に呼応されるように、再びクリスタルの床から薄紫の霧が湧きだして直径二十メートル程の円形の泉が現れた。満々と湛えているのはただの水ではなさそうだ。緑色の墨汁を水に垂らしてできる墨流しのような文様が絶えず変化して緩やかに流れ、青白く光る亡霊のようなものが漂っていた。

ヒカルが不思議そうに水面を眺めていると、ラッキーが隣に並んだ。

「よかった。モノリスが用意してくれた次元水だ。これでクリーンに頼らなくても希望の谷に行くことができる。泉に入ると次元の壁を越えて虫喰の森を移動することができるのだ」ラッキーは悪戯っぽい笑みを浮かべて泉を覗き込んでいるヒカルの背中を軽く突いた。

次元水は水という感覚はなかった。暖かく羊水のなかにいるような懐かしさが込み上げ不思議と心が落ち着いてくる。緑色の文様が絶えず変化して流れ、青白く光る亡霊のようなものがヒカルの足を優しく引張り次元水の底に引き込んでいく。ヒカルは瞼が重くなり意識が遠のいていった。

第二章　東の森

4

地面は薄っすらと雪が積もり空気は冷え切っていた。ヒカルは寒さで身震いして意識が戻った。見回すと樹木は枯れ霧が地を這い薄暗い。いつの間にかシュガーたちは変身を解いており、クリーンは二メートル程の龍に戻っていた。

「あたいたちは虫喰の森に慣れてるので寒さは平気なのよね。だけどヒカルは来たばかりでまだ順応してないから寒さが堪えるでしょう」ミルキーが魔法の杖でダウンコートをだし、ヒカルに羽織るように勧めた。

「ありがとう」コートは魔法がかかっているようで温ぬくとして心地よかった。

ミルキーが誰にともなく尋ねた。「ここはどこなの？」

シュガーも辺りを見回して首を傾げる。「希望の谷ではなさそうね？」

「辺りの様子を見てくる」ラッキーが偵察に出て行った。

トネリーは額に皺をよせて周囲を確認した。「谷底のようじゃ。左に見えておる凍結した泉じゃが、滾々と湧きだしていた水が瞬時に凍ったようじゃ。樹木は枯れ空気は冷えて薄っすらと雪が積もっておる。虫喰の森の春にしては余りにも異常じゃ。それにモノリスが儂らを間違った場所に送り込んだとも思えん」

「希望の谷だと言うの？　ラッキーの話とは全く違うわ」ミルキーが戸惑った。

二十分程でラッキーが困惑した様子で戻ってきた。

「渓流まで行ってきた。川の淵や瀞では厚い氷が張り、崖から流れる滝は皆凍っている。樹木はすべて枯れ落葉が積もり薄っすらと雪を被っている。何より重要なことだがここの地形には見覚えがある。間違いなく希望の谷だ」

「やはりそうか。ところで希望の谷が冬景色になったのはいつ頃だろう？」トネリーは思い当たることがあるような口ぶりで誰にともなく尋ねた。

「ちょっと待ってくれる」生物学を得意とするシュガーが鳥人間に変身する。

「フィールドワークをするときは手が使えるので都合がいいのよ」

シュガーは辺りの木々や落葉を観察しはじめた。「針葉樹も広葉樹も見た目は枯れているけど、葉脈つまり維管束はまだ瑞々しいわね。枝の葉痕（葉が落ちた後の痕）も落葉してから時間が経っていないわ。虫喰の森の環境を考慮すると葉が落ちて二から三時間というところかしら。木が枯れ落葉が変色しているのに葉脈や葉痕に瑞々しさが残っているのはどう考えても不自然だわ」

「そうじゃろう。間違いない、これは黒の魔法じゃよ」

ミルキーの顔が曇った。「まさか黒い魔法使いの仕業では？」

「でも随分前に魔法の鏡に封印されたと聞いているけど」とシュガー。

「それで思いだした。黒い魔法使いは七千年前に虫喰の森の長老によって魔法の鏡に閉じ込められ、この谷にある幻の洞窟に隠されたのだ。希望の谷には代々小人族のズアーフが集落を構えているので、彼らに聞けば黒い魔法使いや幻の洞窟について何か分かるかもしれない」

「それじゃあズアーフの集落へいってみようよ。ラッキー、集落までは遠いの？」

「最後に訪れたのが百年前なので記憶が鮮明とは言えないのだが……ここから恐らく十キロもないだろう。集落への道は辿れると思う」

「希望の谷の様子がおかしくなっておるので闇雲に希望の剣を探すわけにもいくまい。まずは希望の谷の状況を把握するためにも、ミルキーの提案通りズアーフの集落に行ってみるとしよう。ラッキー、道案内を頼む。それと……」ちょっと間を置いて皆を見回し、無意識に右手で髭を撫でながら再び言葉を継いだ。「希望の谷が冬景色になっておるのとヒカルがゼナーゼに狙われておることには何か関係があるような気がしてならんのじゃ。もしそうであればゼナーゼに先を越されておる可能性も十分あり得る。罠が待ち構えておるかもしれん。これから先はくれぐれも慎重に行動することが肝要じゃ」


上空は目立ちすぎるので一行は渓谷のなかを飛んで行くことにした。ラッキーが先導し、辺りを警戒しながらまず渓流まで下り、渓流沿いに枯木の間を縫いながら上流に向かって進んでいく。いつの間にか降りだした雪がみるみる激しくなって地面を覆っていく。たちまち視界も悪くなり激しい吹雪になった。

「このままでは道を見失うかもしれない。小降りになるまで少し休もう」

周囲を警戒しながら激しい吹雪のなかを飛ぶのはそろそろ限界だと思いはじめていたので、皆ラッキーの提案に喜んで同意した。

「この辺りの崖下には幾つも洞穴があいているのだ」ラッキーは渓流沿いを離れて断崖に向かい、適当な洞穴へ皆を誘導して休憩場所とした。

入り口は狭いが奥はかなりの広さがあり天井も高くベンチ代わりの岩もゴロゴロしているので、皆は思い思いの場所に陣取る。トネリーが魔法の仙人杖でランプを幾つか取りだし火を灯した。

「黒い魔法使いもゼナーゼなの?」

「ゼナーゼとは違う。彼らは神なんじゃよ」

「神、神って言った?」トネリーの言葉に耳を疑った。

「前にも言ったように、虫喰の森の役割は天の川銀河を安定に保ち維持することじゃ。銀河で生まれた文明が長く続くように見守ることも大切な役目なんじゃ。文明が起こったら未成熟なうちからそれとなく介入して健全に発展する手助けをする。そのために虫喰の森の長老から使命を受けて必要な指導をするのが白い魔法使い、つまり神なのじゃよ。やがて文明が発達すると神は必要なくなり、人々の前から存在が消えて神話伝説だけが残るんじゃ」トネリーは続ける。「天の川銀河には銀河を崩壊させようとするマイナス・エネルギーもあるんじゃ。ダークと呼ばれておるが実体は良くわかっておらん。神のなかには邪悪な神もおってそれが黒い魔法使いじゃ。ゼナーゼ同様黒い魔法使いもダークから生まれたマイナス・エネルギーで、白い魔法使いと同じように早期から文明に介入して邪悪な心を植えつけるんじゃ。白い魔法使いと黒い魔法使いの闘ぎ合いによって平和な文明が築かれていく場合もあれば、闘争心の強い民族が跋扈して民族主義や国家主義が大頭し、戦争に明け暮れる文明もあるんじゃ。天の川銀河には良い神と悪い神の闘ぎ合いが融合した多様な神話伝説があるんじゃよ」

トネリーの話が一息ついたところでラッキーが口を開いた。「七千年前、突然黒い魔法使いがゼナーゼを率いてワームホールを抜けて東の森に襲来したのだ。迎え撃ったのは白い魔法使いと東の森の戦士たちだ。激しい攻防が何日か続いたが、虫喰の森の長老が戦闘に加わり黒い魔法使いを魔法の鏡に封印したのだ。魔法使いが敗れたことでゼナーゼの統率が乱れ、戦士と白い魔法使いに追い詰められて全滅したのだ。黒い魔法使いがなぜ七千年前に虫喰の森を襲ったかは定かではないが、それ以前も以降も黒い魔法使いが虫喰の森に来た形跡はない」

「吹雪が治まって小降りになったわ」ミルキーが外の様子をみて戻って来た。

一行は再びラッキーを先頭に渓流沿いを上流に向かって進んでいく。

「だいぶ積もったわね。空を飛べなかったら歩くのが大変だわ」とミルキー。

一面銀世界となり落葉はすっかり雪の下に埋まってしまった。しかし、暫く進むと積雪が減りはじめ、天候も小雪がちらつく程度に回復してくる。

ミルキーが怪訝な表情をした。「さっきのドカ雪は極地的だったみたいね」

「そのようじゃな。どうも何か引っかかるんじゃが……」

前方にひと際大きな木が見えてきた。ブナの巨木で幹回りは優に二十メートル以上、高さも六十メートルはありそうだ。

「この木に見覚えがある。この先に左に曲がる小道があるはずだ。それを辿っていけば三キロ位でズアーフの集落に着けるはずだ」


小雪がちらつくなか曲がりくねった小道を三十分ほど辿っていくと、道沿いの谷間に霧に霞む小さな集落が見えてきた。村を通って小道沿いに流れてきた小さな渓流が、村の手前で道から外れて斜め左に曲がって森のなかに流れ込んでいるが、今は完全に凍結していた。村外れまでくると霧のなかにアーチ状の橋が薄っすらと見え、その奥には小屋らしきものも認められた。

一行のなかでも特に感覚器官の優れているシュガーが異変を感じて口走る。

「おかしいわね、人の気配がしないわ」皆も辺りに注意を向ける。

「橋の袂に人がいるようです。霞んで見にくいけどズアーフかもしれません」

クリーンが急いで近づいて行く。「もしもし……」返事がない。傍まで寄る。「もしも……あ、違う、ズアーフによく似た石の像です」

「石の像じゃと？　クリーン罠じゃよ、触るな！」

トネリーは大声で叫んだが——遅かった。

石像に触れた途端、クリーンはたちまち石に変わってしまった。

皆は急いで橋の袂に集まる。

石の像は何かに追われて橋までたどり着いて欄干に手をかけたところで硬直したようだ。クリーンは石像の肩に左の前足を掛けた状態で石になっていた。

「魔法にかかっただけで死んではおらん」

「黒い魔法使いの仕業？」シュガーの心配そうな問いかけにトネリーが頷く。「間違いない。それに、雪が薄っすらとしかついておらん。石にされてそれ程時間が経っておらんということじゃ……」トネリーは一旦間を置いて再び思案気に言葉を継いだ。「先程のドカ雪も儂らを足止めするために黒い魔法使いが仕組んだような気がするんじゃ」

「何のために？」とミルキー。

「その答えは一つ、俺たちをズアーフに会わせたくなかったのだろう。俺たちが知りたいことをズアーフが知っているということだ」

「ズアーフに聞くというアプローチは間違っていなかったようじゃ。しかし、ヒカルがゼナーゼに襲われたことといい、希望の谷で起こっていることといい、どうも儂たちは後手に回っているようじゃ」

ラッキーは百年前に訪れたときの様子を思いだした。村は深い森に囲まれていた。小道沿いに村の中央を小さな渓流が縦断し、村の両端と中央に合わせて三本のアーチ状の石の橋が架かっていた。中央の橋を渡った向こう側に広場と集会場があり、広場を囲んで小さいがお伽話に出てきそうな凝った作りの木造りの小屋が十数棟建っていた。小屋は小川を挟んだ向かい側にも小さな池を囲んで十数棟建っており、池の周りは色とりどりの草花が可憐な花を咲かせていた。森と草原の間には手入れの行き届いた畑や果樹園があり、いろいろな果実が実りを迎えていた。自然が美しく深山のなかに忽然と現れた楽園のような村だった。

それがどうだ。草木は枯れ落葉や枯草の上に雪が薄っすらと積もり、池や小川は凍結している。小屋の屋根にも薄っすらと雪が積もり、空は薄暗く小雪が舞い、霧までかかっている。ラッキーは黒い魔法使いに激しい怒りを覚えた。

「手分けして村を調べよう。誰か助かっている人がおるかもしれん。黒い魔法使いの邪気は感ぜんが、皆くれぐれも注意を怠らんように頼むぞ」

梟姉妹は池のほうを、他の皆は広場側を調べるために散っていった。


十五分程で皆は広場に戻ってきた。

「なんて酷いの。ズアーフたちは片端から石にされているわ。池の周りや小屋のなかにも無事な人は一人もいないわ」

「こちらも状況は同じじゃよ」

「集会所のなかに村長《むらおさ》がいた。広場にも見覚えのある顔が幾つもあった。百年前のパトロールで世話になった人たちだ」

「希望の谷は七千年前の戦闘以来ずっと平穏な日々が続いてたのよね。だから小屋の扉には鍵もなかったのね。そんな自然豊かな美しい谷を荒れ果てた冬の谷に変え、無防備な村人を情け容赦なく襲うなんて絶対に許せないわ」

「誰かいるわ――」シュガーが人の気配を感じた。

「ラッキー、ラッキーだよね?」

集会所の後ろの小屋の辺りからか細く震える声が聞こえた。皆が振り返るとズアーフの子供が二人、小屋の陰から顔を覗かせている。

「クックー、それにカーコか?」ラッキーの目が輝いた。

「やっぱりラッキーだ!」カーコと共に一目散にラッキー目掛けて駆けてくる。

ラッキーは仁王立ちになって二人を抱え上げた。

「無事だったのか。よかった……」ラッキーは潤んだ声で呟いた。

余程怖い目にあったのだろう。二人は暫く肩を震わせながらラッキーに抱きついていた。涙が止めどなく流れ抱えたラッキーの前足を濡らしていく。

二人が落ち着くとラッキーが言った。「クックーとカーコ、双子の兄と妹で村長の孫だ。百年前に希望の谷をパトロールしたとき道案内をしてくれたのだ」

「百年前?　二人とも凄く若そうだけど?」

「僕たちズアーフの寿命は五千年なんだ。僕もカーコも二百八十三歳になるけどまだまだ子供扱いなんだよ」

「ところで……」トネリーは二人の様子を気遣いながら切りだした。「いったい希望の谷で何があったんじゃ?」

クックーは惨事を思いだしたのか一瞬怯えたような顔に戻ったが、直ぐに気を取り直して語りはじめた。「五時間程前のことだけど、突然山の上から黒い雲がモクモクと湧いて物凄い勢いで断崖を下りたちまち谷を覆ってしまった。黒い雲が薄れたあと希望の谷は一変していた。草木は枯れ、葉は落ち、池や小川は凍結して雪がちらつきはじめた。鳥の囀りも止んで谷は静まり返ってしまった。空は暗くなり空気は湿って冷たく淀み、谷は霧で霞んでしまったんだ」

「儂らが希望の谷に着いたのは二時間程前じゃから、樹木が枯れて三時間位と見積もったシュガーの推測と一致するようじゃな。それで？」

「村の男たちは異変を調べるためにチームを編成し、手分けして谷へ向かった。しかし何の収穫もなく三々五々村に戻ったんだ。そして一時間程前――」恐ろしいことを思いだしたのか突然顔が引きつり脂汗が滲んだ。

「クックー、落ち着いて深呼吸して、ゆっくり、ゆっくり……そうその調子……」

シュガーの優しい声掛けでクックーの心臓の高まりも徐々に収まってきた。今一度大きく深呼吸して先を続けた。「空から黒いローブを纏ってとんがり帽子を被った魔法使いが二人、ゆっくりと広場に向かって下りてきたんだ」

「なに、二人とな！」トネリーは思わず声を荒げてしまった。

カーコが恐る恐る口を開いた。「体型から一人は男で一人は女だと思うわ」

「なに、黒い魔女もいたのか！」今度はラッキーが大声を上げてしまった。

「いや、驚かせてすまん。それでどうなった？」

再びクックーが何とか恐怖を抑えつけて言葉を継いだ。「魔法使いたちは、いきなり黒い杖の先から黄色い光線を放って広場にいた人たちを次々石に変えていったんだ。僕とカーコは恐ろしくなって一目散に森に向かって駆けだし、暫く森の木の洞に隠れていたんだ」

「ふーむ、それで魔法使いがいなくなったようなので、森を出て村に戻ったらラッキーを見つけたというわけじゃな」二人は頷いた。

「二人ともありがとう。よく話してくれた」トネリーは二人の頭を優しく撫ぜた。

「二人のお陰で状況が分かってきた。やはり、儂らが大雪で足止めされているときに村が襲われたようじゃ」

「つまり、希望の剣を見つける手掛かりはズアーフにあるので、黒い魔法使いが先回りして村人を石に変えて手掛かりを絶ったということね」

「そうじゃよミルキー、黒い魔法使いが村人全員を石に変えて口を塞ごうとしたということは、儂たちの知りたいことは村人全員が知っておる可能性があるということじゃ。つまりはじゃ、クックーとカーコが無事なことを絶対に彼らに知られてはならんということじゃよ」

「希望の谷が冬に変えられたのはクックーによると五時間も前のことよね。私たちがゼナーゼに襲われたころだわ。つまり、モノリスに会う前から黒い魔法使いはヒカルが希望の剣を探しに希望の谷に行くことを知っていたことになるわね」

「シュガーの話から推測すると、もしかして敵は、ヒカルが虫喰の森に来る前からそのことを知っていた可能性もあるわね」

「確かにミルキーの言う通りじゃ」

「だとして、なぜ敵はそのことを知り得たのかしら？」

「儂にも分らん。ところで黒い魔法使いを解放したのは誰なんじゃ？」

「その前に、黒い魔法使いは本当に七千年前に魔法の鏡に封印された魔法使いなのか？　新たな黒い魔法使いもやってきた可能性はないだろうか？」

トネリーが顎髭を撫ぜながら言った。「それを解くカギは黒い魔女にあるじゃろう。黒い魔法使いや魔女が虫喰の森のセキュリティを掻潜って誰にも知られず虫喰の森に入り込むことはあり得んことじゃ。そのあり得んことが起こったんじゃ。黒い魔女の出現には何か見落としていることがあるはずじゃよ」

シュガーが口を挟んだ。「魔法の鏡に封印された黒い魔法使いを解き放つために黒い魔女がやってきた、というのはどう？」

「有り得ることじゃ。黒い魔女なら魔法の鏡の封印を解く力もあるかもしれん」

「魔法の鏡は幻の洞窟に隠されたのだから、幻の洞窟に行って確かめてみればいいではないか」

「でもさー、幻の洞窟ってどこにあるの？」

カーコが答えた。「私、知ってる。村の住民なら誰でも知ってるわ」

「それだわ！」ミルキーが大声を上げた。「ズアーフの人たちなら誰でも知ってるあたいたちの欲しい情報とは何か？　幻の洞窟よ」

「幻の洞窟にはバリアがあって、それを解除しなければ洞窟には入れないんだ」

「バリアを解除できるのは誰？　クックーやカーコにも出来るの？」

「村人なら誰でもできるよ。幻の洞窟はズアーフにとって神聖な場所なんだ」

「どうやら結論がでたようじゃ。ところでクックーとカーコが無事なことは多分敵は気づいておるまい。二人は姿を縮めてミルキーかシュガーの羽のなかに隠れて幻の洞窟まで道案内をしてくれんか」

シュガーが魔法の杖で二人を縮めて頭の羽のなかに潜りこませた。

「うわー、暖かくて気持ちいい！」カーコに少し元気が戻った。


いつの間にか雪は止んでいた。一行はズアーフの村を後にし、村を流れる小さな渓流沿いの小道に沿って上流へと向かう。森を縫って続く小道は間もなく小川から離れて更に森の奥へと分け入っていく。あちらこちらで枝分かれしてまるで迷路のようだ。

「クックーやカーコが居なかったらとても幻の洞窟には行けないわね。あたいたちはその気になれば空を飛べるけど、そうでなかったら立ちどころに迷って森から出られなくなっちゃうわ」

一時間程で枯木の森を抜けると目の前に切立った険しい崖が迫った。霧で視界が悪くどれ程高いのか見当もつかない。断崖の途中から小さな滝が幾つも凍りついている。崖下を流れる渓流も凍結していた。一行は渓流沿いに谷の上流を目指して進んでいく。所々で木と蔓でできた橋が架かっていた。

更に一時間程進んだ四本目の橋の袂でクックーが言った。

「幻の洞窟はこの先にあるんだ」

一行は橋を渡った先の断崖の下に下り立った。

「どうやら黒い魔法使いの気配はないようじゃ。シュガー、クックーとカーコを元に戻してくれんか」シュガーが頷いて二人を元の大きさに戻した。

「黒い魔法使いが気配を消していることはない？」ヒカルが心配顔で訊いた。

「大丈夫じゃよ。黒い魔法使いには弱点があって虫喰の森では邪悪な気配を消せないんじゃ。それにワームホールを抜けて虫喰の森に入ると邪悪な魂を持つ者は悪魔に変身するが、その際一瞬邪気が数倍に増強されるんじゃ。黒い魔法使いとて例外じゃあない。とりわけ彼らの邪気は桁外れに強いので、必ず虫喰の森の長老やモノリスに感知されるはずなんじゃ」

「だから黒い魔女がどうやって虫喰の森に侵入したか気懸りだったんだね」

「そうじゃよ」

クックーとカーコは断崖に沿ってさらに上流に向かって歩んでいく。一キロ程歩いたところでクックーは迷わず崖の前に立ち止まった。周囲の崖と何ら変わったところは見られない。崖に両手をついて瞑目すると次第にクックーの体が輝きだした。眩しい光が全身を包むと、光はクックーの両手を伝わって崖に吸収され崖が輝いていく。体から発する光がすべて崖に吸収されると幅四メートル、高さ七メートル程の大きなアーチ状の光輝く扉が現れた。

「幻の洞窟の入り口だよ。五分程で閉じてしまうから急いでついてきて」

クックーに続いて皆光の扉を抜けていく。

真っ赤な目をしたカラスが渓流の向かい側の川岸に立つ枯れたニレの木の枝の陰から様子を窺っていた。扉が閉じると、カラスは飛び立ち一声「カア」と啼いて何処かへ飛び去って行った。

5

幅五十メートルを越える大きな洞窟内を石柱が何本も天井に向かって伸びている。大きいものでは根本の直径が二メートル近くはありそうだ。青白い光を放って空気が薄青く澄み、まるで水中にいるような感覚だった。見上げると天井は深青色で夜空のように無数の星が煌めいている。目を凝らすと星は動いていた。

ヒカルが不思議そうに天井を眺めているとシュガーが解説した。

「夜光虫よ。発光器官を持つコガネムシや蝶の仲間で、ルシフェリンの酸化で光っているの。青白かったり緑が鮮やかだったり色とりどりの光があるのは、種によってルシフェリンの化学構造が違うからなの。それにしてもこれほど多くの種類が共存しているのは珍しいわね」

石柱の間を縫って奥へ進んでいくと、間もなく目の前に大理石で囲まれた長径二十メートル、短径十五メートル程の楕円形の泉が見えてきた。次元水が真ん中から滾々と湧きだしていたが、不思議と泉から溢れでる様子はなかった。

「誰かいるわ！」ミルキーが泉の向かい側に飛んでいく。

泉を取巻く大理石の縁に隠れて女性が横たわっていた。

カーコが駆けてきた。「妖精のナパティだわ！」

ラッキーが心配顔で優しく抱える。「大丈夫、気を失っているだけだ」

顔に魔法の杖を翳すと、妖精は意識を取戻して目を開いた。透き通るような白い肌に薔薇の花模様のついた紺碧のレース・ドレスを纏い、コバルトブルーの目をした美しい妖精だった。ラッキーに気づくと一瞬身を強張らせたが、直ぐに力が抜け夢でも見ているような顔つきになりか細い声を絞りだした。

「ラッキーなの？」

「ナパイア・ティーノ、百年振りなのによく覚えていてくれた」

「ナパティは希望の谷に住む妖精なんだ。いったい何があったの？」

クックーが不安げな表情を向ける。隣にはカーコの心配そうな顔もあった。

「クックーにカーコね。よかったわ、二人とも無事だったのね」

二人に笑顔を向けるとゆっくり起き上がって大理石の縁に腰かけた。

「儂はトネリーじゃ。辛そうじゃが大丈夫か？」

「トネリー、心配いりません。多分四時間以上は意識を失っていたのでしょう。その間に少しは天の川銀河から降注ぐエネルギーを蓄えられたので、徐々に回復してくるでしょう」

ナパイア・ティーノは今朝から起こった出来事をゆっくり語りはじめた。

「いつものように森を見回っていたら、突然断崖の上から凄まじい邪気が襲ってきました。虫喰の森にいるはずのない黒い魔女でした。心当たりがあったので魔女の狙いは私だと咄嗟に判断し、襲われる前に分身しました」

「ナパイア・ティーノの分身⁉」ミルキーが驚いて尋ねた。

「私のことはナパティと呼んでください。もう一人の私は魔法の鏡に閉じ込められています」

「魔法の鏡に閉じ込められておるじゃと。どういうことじゃ？」

「そのことは後で」と言って先を続けた。「もう一人の私は黒い魔女に捕らえられましたが、分身したことには気づかれませんでした。魔女はマインドコントロールで分身した私を操り、幻の洞窟まで案内させて洞窟に入りました。私は気配を消して後を追いました。泉の先はズアーフの人たちの神聖な場所になっています。洞窟はそこで終わりですが、聖地の他に村人も知らないバリアで閉ざされた秘密の部屋があるのです。七千年前に虫喰の森の長老が魔法で造った異次元の部屋で、魔法の鏡が納められています」

「秘密の部屋のバリアを解除できるのはもしかして?」シュガーが尋ねた。

「私だけです。黒い魔女は私の分身にバリアを解除させて秘密の部屋に入り、魔法の鏡から黒い魔法使いを解き放ったのです。ただ、魔法の鏡から黒い魔法使いを外に出すためには、代わりに閉じ込める人が必要なのです」

「そういうことじゃったのか」

「秘密の部屋からでてきたのは黒い魔女と黒い魔法使いの二人だけでした。二人は次元水の泉に飛び込んで幻の洞窟から出たのです」

「黒い魔女と黒い魔法使いは洞窟の外に出た後、魔法を使って希望の谷を荒涼とした冬に変えたんじゃな。ところで黒い魔女の狙いはおまえさんで心当たりがあると言っておったが、どういうことじゃ?」

「数日前、虫喰の森の長老の意識が幻影として現れ私に使命を与えたのです。このようなことは滅多にないことです。『数日後に記憶を失くした少年がズアーフの村を訪ねてくるので、希望の剣のところまで少年を導くように』ということでした。ただし『強力な邪気が阻止しようと襲ってくる可能性があるので十分注意するように』とも言っていました」

ミルキーが目を輝かせて割り込んだ。「貴方は希望の剣を知ってるのね！」

ナパティは表情を曇らせた。「希望の剣はこの洞窟にあるのですが、もう一つ秘密の扉を開かなければなりません。分身の私と合体しないと扉は開けないのですが、話したように、もう一人の私は魔法の鏡に閉じ込められているのです」

「魔法の鏡から貴方の分身を連れ出す方法はないの？」シュガーが尋ねた。

「強力な魔法使いと代わりに鏡に閉じ込める人がいないと、私の分身を鏡から解放することはできません」ナパティの顔には悲壮感が漂っていた。

「とにかく希望は捨てんことじゃ。まずは秘密の部屋にいってみよう。何か道が開けるかもしれん」

トネリーは皆を促して再び洞窟の奥へと進む。ナパティも幾らか元気を取り戻したようで、透き通った羽を四枚生やして皆に続いた。暫く進むと高さ七メートル程の岩壁が洞窟の両端を塞いで行き止まりになっていた。壁の右側には幅広い石段が壁の上まで続いていた。

「石段の上が僕たちの村の神聖な場所なんだ。幾つも石碑が立っているよ」

「ズアーフの死者の聖地なのです。村人が亡くなると魂がここまで飛んできて黒曜石でできた石碑に名前を刻み、石碑のなかで永遠の眠りにつくのです」

ナパティは壁の左側の中央辺りにゆっくり飛翔しながら魔法の杖をだした。杖の先から金色に輝く粉を撒きながらゆっくりと壁に大きな弧を描いていく。たちまち岩壁に周囲を青白く輝く炎で囲まれた直径二メートル五十センチ位の丸い穴が開いた。なかは青紫色の靄がかかっていて薄暗く先は見通せなかった。

「秘密の部屋の入り口です」ナパティは穴を潜り皆も後に続いた。

薄水色に発光する大理石で囲まれた間口二十メートル、奥行き三十メートル程の部屋で、天井は高く薄い靄がかかって見通せなかった。部屋の奥に水晶でできた猫足の台があり幅一メートル、高さ二メートル程の黒曜石の枠に嵌められた鏡が立てかけられていた。

「魔法の鏡です。このなかに私の分身が閉じ込められています」

ナパティは寂しそうに鏡をみつめた。

鏡は皆の姿を映していたが、ヒカルが鏡の前に立つと体が仄かに光り出す。鏡にも変化が起きる。皆の姿が靄で霞み、ナパティの分身が現れて鏡が明るく輝きだす。光に誘われるかのようにヒカルが無意識に鏡に手を触れる。小さな漣を立てて鏡をすり抜けてなかに入りナパティの分身の手に触れる。思わずもう一方の手も鏡のなかに差し入れて、ナパティの両手を掴むと一気に引き戻した。

「うわー、やったね、ヒカル！」ミルキーが歓喜の声を上げた。

二人のナパティは合体して元気を取戻した。

「貴方はヒカルというのね。助かったわ、どうもありがとう」

「やはりヒカルは只の彷徨人ではなかったのう」

「僕が鏡のなかに閉じ込められずに彼女を鏡から解放できたから」

「そうじゃよ。ヒカルは無意識のうちに魔法を使ってナパティを助けたんじゃ。それにナパティの話じゃと、虫喰の森の長老は、ヒカルが虫喰の森に迷込んでくる何日も前から希望の剣を求めて希望の谷に来ることを知っておったんじゃ」

「それって？」

「考えられる答えは一つじゃ。長老がヒカルを虫喰の森に導いたんじゃよ」

「虫喰の森の長老の命に従ってヒカルを希望の剣のところに案内するわ」合体して元気になったナパティの声は鈴を転がすように美しかった。

ナパティは魔法の鏡を立てかけた台の後ろの大理石の壁に向かうと、壁を切るように魔法の杖を勢いよく振り下ろした。杖の先から走った稲妻のような光が壁を切り裂き、裂け目から眩い光が迸り亀裂を大きく広げていく。

「ここも長老が設置した異次元空間で、二十八万年前に希望の剣が安置されたと聞いています」

ナパティは亀裂を潜り皆も続いた。

無の空間が広がり、不思議と皆の心を落ち着かせる柔らかな光で満ちていた。遠くから岩のようなものが現れ、空中を滑るように近づき皆の前で静かに止まった。頂部に金色に輝く剣が刺さり横には盾が置かれていた。

「希望の剣です。横に並んでいるのは希望の盾です。受け取ってください」

ヒカルは戸惑った。「どうやって?」

「剣の柄を握ればいいのです。ヒカルを受け入れれば剣と盾は貴方のものです」

ヒカルは恐る恐る柄に右手を触れた。一瞬、脳内を電流が走り目の前が真っ白になる……が、意識は直ぐに戻った。気がつくと剣の柄をしっかり握っていた。ヒカルは漲るような力が湧くのを感じ、ずっしりとしていた剣の重さが感じられなくなった。岩は金色に輝き、眩い粉と化して空中に飛散して消えていった。

「剣は念じて呼び出せば直ぐにヒカルの手に戻ります。盾も同じです。必要のないときは異次元空間に戻っています」。

ナパティは宙を切るように魔法の杖を勢いよく振り下ろして先程と同じように亀裂を開け、皆を異次元空間から脱出させた。裂け目の先は秘密の部屋を通り越してズアーフの神聖な場所のある洞窟に繋がり、皆は神聖な場所に上る石段の下で暫し寛いだ。

「先程の話の続きになるが、おぬしはどうして泉の脇で倒れておったんじゃ？」

「黒い魔女たちが次元水に飛び込んだ後、私も次元水を通って洞窟の外に出ました。外は荒涼とした冬景色に変わっていました。魔法使いたちが力を合わせて魔法をかけたのでしょう。ズアーフの村が心配だったのですが、分身すると互いに五キロ以上離れることができません。邪気は消えていたので動ける範囲で探索を試みたのですが直ぐに体力が限界に近づきました。力を振絞って幻の洞窟の扉を開けましたが泉のところまで行くのがやっとでした。分身すると力も魔力も半減してしまうのですが、今回は片方の分身が鏡に閉じ込められて互いの繋がりが立ち切れていたので、想定以上に力が落ち消耗が激しかったようです」

ミルキーが思いだしたように尋ねた。「ズアーフの村人が皆黒い魔女と黒い魔法使いに石にされてしまったの。クリーンというあたいの仲間の龍も同じ目に遭ってるのね。ナパティだったら魔法が解ける？」

ナパティの表情が曇ったがそれは村人が石にされたと聞いたからだった。

「そんなことがあったのですか。大丈夫です。私の魔法で解くことができます」

「よかった！　それじゃ早いとこ村に戻ろう」

大理石で囲まれた楕円形の泉まで戻ってきたときシュガーが邪気を感じとった。「洞窟の外に邪悪な気配があるわ」

「僕も感じるよ」ヒカルは希望の剣を授かったことで力が増したようだ。

ナパティも緊張した。「この洞窟にはバリアが張ってあります。バリアを突き抜けてまで邪悪な気配が届くというのは異常です。恐らく外で待ち構えているのは黒い魔法使いと黒い魔女でしょう」

「どうやら俺たちが幻の洞窟に入ったことを敵に感づかれたようだな」

「でも、あたいたちが洞窟に入るとき邪悪な気配はなかったわ」

「多分森に住む生き物を使ったんじゃよ。虫喰の森の生き物なら邪悪な心は持っておらんからな。リスとかウサギとか、或いはカケスとかハヤブサ等の鳥かもしれん。彼奴等ならマインドコントロールで操って洞窟を見張らせるぐらい朝飯前じゃろう」

「洞窟を出て戦う以外に選択肢はなさそうだな」

「戦う以上少しでも準備が必要だわ」

ナパティは魔法の杖をだして皆に金色の粉を振りかけた。

「これで彼らの黒い魔法を少しは防げるでしょう。少なくても石に変えられることはないはずです」

「おぬしは相当力のある妖精とみたが、なぜ魔女と交戦せず分身したんじゃ？」

「強力な邪気を感じたら戦ってはいけません、と虫喰の森の長老に念を押されたのです。でなければ戦っていました。結果、私が負ければ状況は大きく変わったはずです。ヒカルが希望の剣を手にすることもなかったかもしれません」

「勝てるかもしれぬ戦いを避けて分身して黒い魔女に捕らわれる。苦渋の決断だったんじゃな」

「結局長老は正しかったのです。でも今度は戦います」

「要はヒカルを守り抜くことだ。俺とナパティが黒い魔法使いたちを引きつけておく。その間にヒカルや他の皆は次元水を通って洞窟の外に出るのだ。無事に逃れることができたらズアーフの村で落ち合おう」

「ラッキー、それって作戦？」ミルキーが半ば心配顔、半ば呆れ顔で言った。

「黒い魔法使いと戦ったことはあるの？」ヒカルが不安そうに訊いた。

「黒い魔法使いと戦ったことは……ない。しかし俺はラッキー・タイガーだ。虫喰の森では戦士のなかの戦士なのだ」

魔法の杖も出さずにトラ人間の戦士に変身する。身の丈五メートル、黄金の鎧を纏い左手に黄金の盾を、そして右手には金色の柄のある長剣を握っていた。

ラッキーの見事な変身にヒカルは目を見張った。

「俺たちに有利な点が一つだけある。敵はナパティが魔法の鏡に閉じ込められていると思っているはずだ。それに分身しか相手にしていないので、ナパティの真の力を知らないはずだ」ナパティが不敵な笑みを湛えて頷いた。

「それじゃあ作戦開始だ。トネリー、ミルキー、シュガー、ヒカルやクックー、カーコを頼む。五分経ったら次元水を抜けてくれ」

「分かった。ラッキー、ナパティ、幸運を祈っておる」

6

ナパティは杖の先から金色の粉を吹きだしながら洞窟の壁に金色に光る円を描き、体を縮めてラッキーの頭の毛のなかに潜り込む。円は幅四メートル、高さ七メートル程のアーチ型に成長し全体が眩いばかりの金色に輝いた。

「さー、戦闘開始だ！」

ラッキーはアーチ型の光輝く扉を潜りぬける。嫌な予感が一瞬頭を過る。作戦を間違えたかもしれん……

悪い予感を振り切って勢いよく空中に舞い上がる。上空は一面低く厚い雲が立ちこめ、雷鳴が轟き、雨交じりの風が吹き荒れていた。雲の隙間から黒い魔法使いが猛スピードで下降し、黒い杖の先から発した黄色の光線がラッキーを確実に捉える。が、ラッキーは石にはならなかった。何事もなく駆け上がってくるラッキーに魔法使いは一瞬怯んだ。魔法使いに突進したラッキーは横殴りに剣を振って胴を払う。間一髪剣を躱した魔法使いは、瞬時に杖を黒い剣に変えてラッキーの頭目掛けて打ち下ろす。ラッキーは難なく魔法使いの剣を弾き返す。

そのとき、上空にいた黒い魔女が黒い剣を振り上げてラッキーに突進する。間髪を入れず、ナパティがラッキーの頭から飛びだして元の大きさに戻り魔女目掛けて右手を前に突き出す。不意を突かれた魔女は驚きの表情でナパティを睨む。次の瞬間ナパティの凄まじい衝撃波が襲う。魔女は衝撃波を真面に受け、断崖まで飛ばされて花崗岩の岩に激突した。魔女は頭を何回か振ると衝撃から直ぐに回復して舞い戻り、両手を突きだして深紅のマイナス・エネルギー波をナパティに浴びせる。ナパティも天色のプラス・エネルギー波を魔女に放つ。雷鳴が轟き稲妻が走るなか、深紅と天色の二つのエネルギー波は真ん中で激しく衝突して押しつ押されつつ力の攻防が始まった。

五分経ってトネリーたちは次元水に飛び込む。皆は次元水の渦のなかに引き込まれたが、それは一瞬のことで前方に金色の炎で縁取られた穴が迫る。先程下り立った橋の袂、その直ぐ脇の枯草に薄ら雪が積もった地面にスローモーションのように投げ出される。空中に浮かんだ炎の環は皆を吐き出すとゆっくり閉じていく。空は厚い黒雲に覆われ雷鳴が大地を振るわせていた。

「暗いなかで派手に放りだされたんじゃ隠れるも何もな——ゼナーゼよ！　ゼナーゼが待ち伏せてる」

ミルキーは凄まじい邪気を感じて背筋が凍った。トネリーやヒカル、シュガーも黒い魔法使いたちとは違う三つ目の邪気を感じとっていた。

「見て、一時の方向よ。黒い悪魔だわ！」シュガーが叫んだ。

「ゼナーゼも待ち伏せておったんか。まさに身体極まったりじゃ」

黒い悪魔は大きな鎌を振りかざしてヒカル目掛けて急降下で迫ってくる。

ヒカルがすっと立ち上がり、ミルキーから貰ったコートを脱ぎ捨てる。身体が仄かに光り目が青白く輝く。右手に希望の剣、左手に希望の盾を握って地を蹴って悪魔目掛けて猛スピードで宙を駆け上がる。悪魔が大上段から振り下ろす鎌を下からはね返し、反転して素早く上に回って渾身の一撃を振り下ろす。悪魔は寸でのところで逃れたがとんがり帽子が飛ばされる。悪魔は一瞬怯んだが、直ぐに態勢を立て直して鎌を杖に変え杖の先から強烈な稲妻ビームを放つ。ヒカルは透かさず稲妻ビームを盾で受け、反射した稲妻ビームが悪魔を直撃した。

ギャアアアアアア……

黒い悪魔は青い炎で包まれ凄まじい声を上げて落下していったが……断崖の下を流れる凍りついた渓流に激突する寸前、姿がかき消えた。

「ヒカル、凄いわ。黒い悪魔をやっつけたのね！」

シュガーやクックー、カーコも信じられないといった顔でヒカルを見る。

「黒い悪魔は去ったようじゃ。ヒカル、おまえさんに一体何が起こったんじゃ？」

「分からない。多分希望の剣のせいだと思う。僕は無意識に空に駆け上がり、反射的に体が動いて黒い魔法使いと対峙したんだ。ただ……戦っているうちに少しずつ相手の動きが読めるようになっていった気がするんだ」

「ふむう、希望の剣はヒカルを少しずつ戦士に導いておるのかもしれん」

ナパティと黒い魔女が放つ天色と深紅の二つのエネルギー波の一進一退の攻防は暫く続いたが、次第にナパティの押し返す力が勝っていった。ナパティの先制攻撃で岩に叩きつけられたときのダメージがじわじわと効いてきたようだ。

突然黒い悪魔の気配が消えた。次元水の出口に配置させていたゼナーゼの身に何かが起こった！

――動揺した黒い魔女は一瞬集中力を欠いて力が抜ける。ナパティの放つ天色のプラス・エネルギー波が一気に押し返し、深紅のマイナス・エネルギー波を突き破って魔女を襲う。魔女は再び前よりも激しい衝撃波を受けて断崖まで飛ばされ、花崗岩の岩に深くめり込んで動かなくなった。

ナパティは幻の洞窟の扉を抜けたときからゼナーゼの邪気も感じとり、ヒカルたちの身を案じていた。それにしてもなぜゼナーゼの邪気が消えたのだろう。まさかゼナーゼがヒカルを拉致したのでは……ナパティはヒカルの元に急いだ。


ラッキーと黒い魔法使いも一進一退の攻防を続けていた。ラッキーは幻の洞窟のバリアが解除されたときにゼナーゼの気配も感じて一瞬動揺し、ヒカルの安否を心配しながら黒い魔法使いと戦っていた。そんなときにゼナーゼの気配が消え、瞬時に黒い魔女の気配も消えた。ゼナーゼや魔女が去った？　これ以上ここに留まる必要がなくなった？　ヒカルの身に何かあったのでは……心配が心配を呼び集中力と攻撃力が目に見えて落ちてくる。魔法使いはこの勝機を逃さなかった。一瞬の隙をついて黒い剣で鋭い突きを入れた。ラッキーは反転して辛うじて躱したが、態勢が整う前に魔法使いが立て続けに剣を振う。ラッキーは剣と盾で必死に躱すが、ついに何度目かの激しい打ち込みがラッキーの剣を弾き飛ばす。魔法使いは一気にラッキーの頭上に駆け上がり、反転急降下して襲いかかる。ラッキーは盾を投げて防ごうとしたが軽く躱される。万事窮す。

ドオーンンンン……

間一髪、大きな巨体が急降下してきた黒い魔法使いを弾き飛ばした。

「ラッキー、大丈夫ですかあぁ……」

「クリーン！　クリーンなのか！」

体長二十メートルに巨大化したクリーンが心配そうな顔を向けていた。

「本当にクリーンなのか？　おまえは石にされたのではなかったのか？」

「白い魔女が助けてくれたんです。村人も皆無事ですよ」

「白い魔女だって？」ラッキーは辺りを見回した。

「白い魔女はどこにいる？」

「黒い魔法使いを追っていきました」

遠くからラッキーを呼ぶ声が聞こえてくる。間もなくヒカルとナパティが空を駆けて近づいてきた。

「ヒカル、無事だったのか！」ラッキーは仁王立ちになってヒカルを迎える。

「クリーン、元に戻ったんだね！　よかった！」ヒカルはラッキーをすり抜けてクリーンの首に飛びついた。

代わりにナパティが目いっぱい笑顔を作ってラッキーの頬にキスをした。

「無事でよかったわ。黒い魔女をやっつけた後ラッキーに加勢しようと思ったのだけど、ヒカルのことが心配で……ごめんなさいね」

「いいんだよ。で、やっつけたって。妖精のくせに言葉遣いが汚くないか」

「これが私の本性よ」ナパティは舌をだし、二人は笑った。

「ラッキー、無事でよかった」振り返るとヒカルが安堵の表情を向けていた。

ラッキーはヒカルを抱え上げた。「おまえも無事で本当によかった。正直、俺の作戦ミスでおまえがゼナーゼに襲われたのではないかと心配したんだ」

「ヒカルがゼナーゼをやっつけたのよ」

「本当なのか！」ラッキーはナパティの言葉に耳を疑った。

ヒカルはトネリーに言ったことをラッキーにも伝えた。

ラッキーはヒカルをまじまじと見つめて言った。「そうか、希望の剣でヒカルも戦士の仲間入りをするんだな。そういえば少し逞しくなった気がするぞ」

クリーンは体を三メートル程に縮めてナパティに挨拶した。「私はクリーン・ドラゴンです。ヒカルと一緒に旅をしています」

「私はナパイア・ティーノ、ナパティと呼んでください。希望の谷の妖精です。もしかして貴方が、ミルキーが言っていた黒い魔法使いに石にされた龍なの？」

「そうです。ズアーフの村で石にされていたのを白い魔女が助けてくれました」

「白い魔女が来てくれたのね！　よかったわ。それで村の人たちは無事なの？」

「勿論無事です。皆さん元の姿に戻りました」

間もなく黒い魔法使いを追いかけていった白い魔女が戻ってきた。

「ナパイア・ティーノ、本当に久しぶりね」

「ホワイトローズ・マーリー、貴方が来てくれたの。懐かしいわねー」

白い魔女は純白のローブを纏い銀色の長い髪にとんがり帽子を乗せ、透き通るような白い肌にコバルトブルーの澄んだ目をした、その名のとおり白い薔薇の妖精のような魔女だった。

「虫喰の森の長老からSOS信号をキャッチしたのだけど、ちょっとゴタゴタしていて駆けつけるのが遅くなってごめんなさい」

ナパティはラッキーとヒカルに交互に顔を向けて言った。「実は、洞窟で意識を失う前に虫喰の森の長老にテレパシーでSOSを発信したの。余程の緊急時でないと通じないテレパシーなの」

「ということで私が来ました。間に合うか心配でしたが戦いは殆ど終わっていたようね。黒い魔法使いを追いかけたのですが、大勢が悪くなったと思ったのか間もなくテレポーテーションで姿を消しました」

ナパティが言った。「ひとまず危険は去ったようね。橋の袂で他の皆が待っているのでとりあえず村まで戻りましょう」

ナパティが白い魔女を皆に紹介した。「助人のホワイトローズ・マーリーで、私の悪友でもあるわ」「ローリーと呼んでください。今回は残念ながら長くはいられないけど、ヒカルの旅の途中で合流することになるかもしれません」

橋の袂で待っていたトネリー、ミルキー、シュガー、クックー、カーコが次々ローリーと挨拶を交わした。

クリーンはヒカルたちを乗せ、ラッキー、ナパティ、ローリーはそれぞれ空に舞い上がってズアーフの村を目指した。

元気になったカーコがクリーンの背中からローリーに叫んだ。「ローリー、魔女なのに箒に乗らないのねー」

「貴方は誤解しているのよー。真の魔女はあんな格好悪いものには跨らないのよー」ローリーは笑顔で返した。私のように純白の美しい魔女が箒に乗ったら、それこそ滑稽を絵に描いて背中にぶら下げて飛んでいるようなものだわ……

7

ズアーフの村の広場では村人全員が一行を迎えてくれた。クックーとカーコはクリーン・ドラゴンから降りると一目散に父母の所に駆け寄り、抱き合ってお互いの無事を喜びあった。

ナパティは安堵の笑顔を村長に向けた。「ガルフ爺、元気な姿に戻ってよかったわ。村人も皆無事ですか？」

「あんたが白い魔女を呼んでくれたので皆無事じゃ。二人の孫も帰ってきたし、今回は本当に世話になった」

ラッキーは村人と百年ぶりの再会を懐かしむと、ナパティと入れ替わりにヒカルたちを伴って村長のもとへ行き、再開を喜びあって皆を紹介した。

ガルフはにこやかな笑顔を皆に向けた。「村長のガルフじゃよ。おおよそのことはナパティから聞いたところじゃ。ヒカルとやら、黒い魔法使いたちに襲われて大変な旅になっているようだが常に希望を捨てんことじゃ」

皆がガルフと親交を深めていると、ナパティがローリーを伴って戻ってきた。

「ローリーと確認しました。希望の谷を冬に変えたのは、黒い魔法使いと黒い魔女が協力してかけた黒の魔法です。私とローリーとで力を合わせればきっと解けるはずです。虫喰の森の長老はそのことも分かっていてローリーを派遣してくれたのでしょう」

ローリーも自信ありげに頷く。

二人は、村人が見守るなか広場を離れてゆっくり上空に向かって飛翔していった。やがて二人の魔法の杖から放たれた光が合体すると激しく振動して爆発し、眩い光の洪水となって希望の谷に降注いでくる。光に包まれると枯木はたちまち元気を取戻して葉を茂らせ、枯草は色とりどりの花を咲かせた草原に戻り、渓流の氷は溶けて心地よいせせらぎの音が戻ってくる。空気も暖かさを取戻し暗かった空は茜色に染まりかけていた。村人は歓喜を上げて上空から下りてくるナパティとローリーを迎えた。


村人は三々五々それぞれの小屋に帰り広場は静けさを取戻した。クックーとカーコだけは皆の傍を離れようとせずまだ広場に残っていた。

「とりあえず私の役目は終わったようね。ひと仕事あるのでこれで失礼するわ」

「ローリー、ありがとう。助かったわ」

ローリーは皆に別れの挨拶をすると魔法の杖を振ってナイフで紙を裂くように空中を切り裂く。先には星の煌めく宇宙が広がっていた。皆に手を振ると裂け目を通って猛スピードで宇宙に飛びだしていった。

「ローリーは何処へ行ったの？」カーコが寂しそうに訊いた。

ナパティはカーコの頭を優しく撫ぜる。「神様としてのお仕事にいったの。天の川銀河のどこかの星にいるわ」

「そろそろ日が暮れるのう。今日は本当に長い一日じゃった」

「さて、これからどうする？」ラッキーが問いかけた。

「僕は、次の旅の手掛かりは幻の洞窟にあるような気がするんだ」

ミルキーが応じる。「幻の洞窟なら敵も入れないから安全だわ」

シュガーが補足する。「敵が再び幻の洞窟に来る確率は低いわね。ヒカルが黒い悪魔を倒したことで、希望の剣がヒカルの手に渡ったことは敵も察しているわ。用のなくなった幻の洞窟に私たちが戻ってくるとは思わないいんじゃない」

「黒い魔法使いたちが再び村を襲ってくることはないと思うが、念のため今夜は俺がここに残ろう。何もなければ次に希望の谷をパトロールに来るのはまた百年以上先になる。今夜はもう少し村人と旧交を温めておくよ」

ナパティが改めて皆に言った。「実は黒い魔法使いたちとの戦いで話す機会を逃していましたが、虫喰の森の長老から『旅の仲間に加わってヒカルを助けるように』との使命を受けています。ということで改めて宜しくお願いするわ」

「ナパティも旅に加わってくれるんだ」ミルキーの顔が輝いた。

「大歓迎じゃ！　ナパティがいれば心強い！」

「何だか俺は頼りないみたいに聞こえるぞ」ラッキーが情けない顔をした。

「それじゃあみんな、夕闇が迫ってくる前に幻の洞窟に向けて出発よー」

ミルキーが真先にクリーンの背中に飛び乗る。ヒカル、トネリー、シュガーも後に続き、クリーンは大空に舞い上がった。

「クックー、カーコ、心配しなくても直ぐに帰ってきますからね」

ナパティは二人の頭を撫ぜて優しく言うと、ラッキーにサファイアのペンダントを渡した。「ナビゲーターです。幻の洞窟に近づくと輝き、テレパシーで私と交信できます」

ラッキーはペンダントを受け取って首にかける。「テレパシーか、万全のセキュリティというわけだな。了解した」

「ではラッキー、明日の朝、幻の洞窟で待っています」ナパティもクリーンを追って勢いよく飛翔した。

クックーとカーコは暫く名残惜しそうに夕闇迫る空を見つめていた。

「そろそろお家に帰ろう」ラッキーは二人を背中に乗せてズアーフの小屋に向かってゆっくり歩きだす。

小屋ではぽつぽつと灯が点りはじめた。

ナパティの先導で一行は再び幻の洞窟を目指した。空は茜色から徐々に青藍色へと変化し少しずつ暗さを増していく。不思議なことに、月も星もないのに夜の帳が下りはじめても仄かな明るさが残っていた。天の川銀河から降注ぐエネルギー波が水面に反射して光を放ち、渓流の流れを映しだしている。相俟って森を飛び交う青や緑、黄緑等の無数の光の点滅が幻想的な景観を演出していた。

ミルキーが感慨深げに口を開く。「ほら、下をみてごらん。夜光虫が元気に飛び交ってる。希望の谷は完全に元の姿に戻ったようね」

ヒカルも眼下に広がる夢幻的な景色に見とれていた。虫喰の森はやっぱり魔法の国なんだ……

幻の洞窟の泉は相変わらず真ん中から滾々と次元水が湧き出ていた。

「ヒカルは『次の旅の手掛かりは幻の洞窟にあるような気がするんだ』と言っておったが、何か感じないか?」

「残念だけど……」

「そうか、とりあえず手分けして洞窟を調べてみよう」

皆は洞窟の隅々まで調べて回ったが次の旅への手掛かりは見つからなかった。

「残念ながら手掛かりはないようじゃな。明日の朝ラッキーが合流したら作戦を練り直すとしよう」

トネリーは仙人杖を振ってベッド、寝袋、枕、ソファー、毛布から豪華な鳥籠まで寝具になりそうなものをいろいろ出した。

「トネリーは魔法で何でも出せるんだね」

「彼の得意技の一つね。虫喰の森きっての物知り博士なので大抵のものは設計図が頭に入ってるのよ。ほら、トネリーの杖だけ特別でしょ。彼の杖にはオプションで特別版の異次元スリー・ディ・プリンターが組み込まれてるのよ。プリンターを起動させればなんでも瞬時に作れるのね」

昼間の大冒険で疲れたのか皆間もなく深い眠りに落ちた。洞窟の天井では満天の星(夜光虫)が輝いていた。

ヒカルが目を覚ますとナパティが洞窟の入り口に向かうところだった。間もなくラッキーを伴って泉の傍に戻ってくる。

「ラッキー、早いわね。まだ夜明け前じゃない」ミルキーが眠たげに目をこすり皆も起きだしてきた。

「もうだいぶ夜が明けている。ところで次の旅の手掛かりは掴めたのか？」

「残念ながら手掛かりはさっぱりだわね。あ、ちょっと待って――」

ミルキーが泉の異変に気づいた。

「湧水が勢いを増して輝いてるわ。ラッキーが戻ってきたからよ、きっと」

「本当じゃ」トネリーも好奇の眼で湧水を見つめた。

皆の目も湧水に釘づけになっていると――

「ヒカル、大丈夫なの！」

ナパティの大声に皆吃驚してヒカルに振り向いた。宙に浮き、体が仄かに光り瞳も青白く輝いている。意識は飛んでいるようだ。泉に向かってヒカルの右手が上がり、人差し指の先が何かをなぞるように動きだす。指先から金色に輝く粉が舞い次々と泉の上に文字を象り羅列していく。


南の森の目覚めの滝に行き友と会って少女を救うこと

メッセージを書き終えると、ヒカルはゆっくり地上に下り青白い瞳の輝きが消えて意識が戻る。

「ぼ、僕はどうしちゃったの？――」

ヒカルを見る皆の好奇な眼差しにあって一瞬たじろいだが、泉の上に浮かぶ金色のメッセージを見て納得した。

「あれは僕が書いたの？」

「そうじゃよ。『次の手掛かりは幻の洞窟にある』と言った、ヒカルの予感は正しかったようじゃな」

「次の目的地は目覚めの滝ということね。誰か行ったことある人いる？」

「確か四十二年前に目覚めの滝ではないのですが、滝のある山に客を乗せて行きました。幾つもの峰が並ぶ巨大な外輪山を囲んで大きな湖があります。山の切立った崖から幾筋も滝が流れ落ちていて、目覚めの滝もそのなかにあります」

「俺の記憶に間違いがなければ、外輪山にはサイターンという巨人族が住んでいると聞いたことがある」

メッセージはゆっくり崩れ、キラキラ光る金粉に戻って消えていった。湧水が益々勢いを増して吹き上がり輝きを強めていく。やがて光輝く水柱となり、見る間に分岐して何本もの大きな手の形になって皆を掴んで次元水の水柱のなかに引き込んでいく。水柱は激しく渦を巻きヒカルの意識は遠のいていった。

第三章　南の森

8

気がつくとヒカルは落葉の上に横たわっていた。上体を起こして辺りを見回すと、黄緑色の柔らかな光に包まれた森が広がっている。林床に積もった落葉の間から野草が春の息吹を浴びて顔をだし、芽生えたばかりのものからすでに赤や黄色、紫等の花を咲かせている植物もある。

トネリーがローブについた落葉を叩き落としながら言った。「まだ少し朝霧が残っておる。意識を失っていたのはほんの僅かな間だったようじゃ」

「ここは邪悪な気配はないようだが周囲の様子をみてくる」ラッキーが宙を駆け上がると、「私も行くわ」と言ってナパティも舞い上がった。

「四十二年前に来ているので、森の上に出れば私たちの現在地や周囲の地形から目的地が分かるかもしれません」クリーンも後を追っていった。

近くのカエデの枝にシジュウカラ、ヤマガラ、ヒガラ等カラ類の小鳥が飛んできて群れをつくり、賑やかに囀りながら滅多にない闖入者に興味の眼をキラキラさせていた。シュガーとミルキーが飛び立って群れのなかに舞い降りていく。

「ヒカル、希望の剣を手にしてからおまえさんの身に時折変化が起こっておるが、記憶が戻るような気配はないか?」ヒカルは力なく首を横に振った。

「そうか、まあ焦らんことじゃ」

ミルキーが戻ってきた。「小鳥たちに聞いたんだけど、この辺りはずっと平和な日々が続いていて特に変わったことはないそうよ」

「ふーむ、今のところゼナーゼも黒い魔法使いも先回りしておらんようじゃな」

間もなくラッキーたちも帰ってきた。

ラッキーがトネリーの呟きを裏づけた。「ここは希望の谷のように魔法を掛けられた様子はなさそうだ」

「森はここから南に五十メートル位のところで終わっているわ。その先は森に囲まれた大湿原が広がっていて、その向こうに巨大な山塊があるわ」

「湿原は勇気ヶ原です。奥に聳える勇気の山に目指す目覚めの滝があります」

「それじゃあ、場所が分かったところで行くわよー」ミルキーが弾みをつける。

一行は樹冠を抜けると南に向かって勇気の山を目指す。枯草の薄茶色と芽生えた若草色のコントラストに白や黄色の草花が彩を添えていた。大小様々な池塘が空の青さを映し、時折吹く爽やかな風が白く光る漣を立てている。

「気持ちいいわねー、最高！」ミルキーが歓喜の声を上げた。

パステルカラーの若葉で彩られたシラカバやダケカンバの小さな林が点在し、湿原の先には芽吹いて間がないカラマツ林が続いていた。幾筋かの川が湿原を縫って蛇行し、緩やかに周囲の森へ流れている。カラマツ林の向こうには川の源流となる巨大な勇気の山が荘厳な姿で聳え、山頂付近は雪で覆われていた。

「勇気の山は東西六十二キロ、南北五十八キロの巨大な山塊で頂上は幾つもの外輪山が連なっています。外輪山のなかは巨大なすり鉢状の窪地になっていて、周囲三十五キロ程の精霊湖という湖があります。主峰は丁度正面右寄りに見えている烏帽子のように尖った水晶岳で、標高は五千二百三十九メートルです」

ミルキーが感心した。「四十二年ぶりに訪れたにしてはずいぶんと詳しいのね」

「飛びながら私の所属するドラゴン・エクスプレスから地形図をダウンロードしました。それに四十二年前にお客を降ろした後時間があったので、勇気の山を一通り見て回った記憶が残っています。ちなみに、勇気の山は希望の谷から南南東に四十三万二千三百六十三キロの距離にあり位置確認も一致しています」

「流石にプロの輸送屋さんね。卒がないわ」

カラマツ林を抜けると勇気の山の山麓に入り、暗緑色の針葉樹、深緑の照葉樹、そしてパステルカラーの落葉樹が混在するコントラストの美しい森が十キロ程徐々に斜度を上げて続く。所々でヤマザクラの白、ヤマブキの黄、ヤマツツジの赤等春の花々が彩を添えていた。山麓に広がる森を抜けたところで、岩が転がる起伏の小さいガレ場が道のように横に伸びていた。

「この辺りで標高三千三百メートル程です。見ての通り山側は切立った断崖が続き幾筋もの滝が流れ落ちています。落差二百メートルを超える滝も幾つかあります。ここから断崖に向かって右に進むと目的の目覚めの滝があります」

三つ目の滝を過ぎた辺りから徐々に断崖が後退し、ブナ科の落葉広葉樹を主体とする森が崖下に広がっていた。さらに暫く進むと森に入る小道があり、クリーンは皆を先導して小道の上をゆっくり飛んで行く。間もなく滝の流れる音が聞こえはじめた。ブナ林を抜けると、断崖の途中にある巨大な洞窟から垂直に落下する滝が見えてくる。

「目覚めの滝です。落差百二十一メートルあります」

滝の幅は四十メートル程あった。中程に巨大な岩が突き出て水飛沫を上げて一度滝を割っている。豊富な水量の瀑布がゴーゴーと音を立てて落下し、水煙が濛々と立ちこめている。滝壺は池となり、池から流れ出た水が緩やかな小川となってブナ林に流れ込んでいた。

「滝の音が凄いわね。これじゃあ誰でも目が覚めるから目覚めの滝？」

「さー、どうかな？　それにしても友はまだ来ていないようだな」

友と聞いてシュガーが首を傾げた。「メッセージにあった友って誰の友かしら？　ヒカルは虫喰の森に来たばかりで友だちがいるはずはないし……」

「会えば分かるじゃろう。それまであそこで少し休ませてもらおう」

トネリーが指さす森の片隅に洒落た木造の小屋がみえ、煙突から白い煙が立ち上っている。手前を流れる小川には木の橋が架かっていた。皆は小屋の前まで飛んで行ってトネリーが扉をノックする。

「ごめん、旅の者じゃがちょっと休ませてくれんか」

なかから老婆の声がした。「鍵は掛かっておらんから遠慮なく入りなされ」

赤レンガの暖炉を囲んで二人の老婆が和やかな笑顔を向けていた。そしてもう一人、懐かしい顔がそこにあった。

「ハッスル！　友というのはおまえか、久しぶりだなー」ラッキーは懐かしそうに暖炉の前で寛ぐ大きなシロクマに声を掛けた。

「ラッキー、おぬしに会えることは虫喰の森の長老から聞いていた。トネリー、シュガー、ミルキーも一緒だとのことで楽しみにしていた」

ハッスルが二人の老婆を皆に紹介した。「仙女で双子の姉妹のサリーンとローリンだ。古くからの友人で、目覚めの滝を皆と落合う場所に指定したのも私だ。後で詳しく話すが、丁度都合の良い場所に二人の住まいがあったのだ」

「小屋のなかは安全じゃ。ゆっくり寛いでくだされ。ハッスルとのつき合いは、そう……私らが見目麗しき頃からじゃよ」

「あたい達も双子であたいがミルキー、こちらが姉のシュガー。宜しくね」

「儂はトネリーじゃ。この三人はハッスルも初めてじゃったな」と言ってヒカル、ナパティ、クリーンを紹介した。

ハッスルが三人に微笑んだ。「私はハッスル・ベア、ハッスルと呼んで下さい。私も虫喰の森の戦士で、ラッキーとは旧知の間柄です」

「ヒカルと旅をする仲間にラッキーが加わったとき、これでおまえさんがおれば三年前のリサとの冒険の旅の再来になるんじゃがと思っておった」

「そのリサのことだが」ハッスルが急に表情を暗くした。「彼女は三年前に故郷の星に帰っていなかったのだ」

「どういうこと？」ミルキーが心配顔でハッスルを見る。

「あのとき、皆でリサが魂の沼から故郷の星に帰るのを見送ったじゃないか」

「私もリサは故郷に戻って元気でいると思っていた。ところが昨日、虫喰の森の長老からお呼びがかかったのだ」

三年前の仲間は勿論、ヒカルたちもハッスルの話に聞き入った。

「リサが虫喰の森に迷込むまでの間に、彼女の故郷の記憶のアドレスがダークによって書き換えられていたのだ。彼女が魂の沼から送られた先はダークの用意した生命が誕生して間もない未開の星だった。記憶の星とアドレスが一致しないので彼女は魂の沼に押し返されたのだ」

「ふむう、リサが虫喰の森で多くのゼナーゼに襲われたことから裏でダークの関与があるのではと案じておったが、やはり噛んでおったのか」

「そうなのだ。悪い神、つまり黒い魔法使いたちの介入が想定以上に強く、闘争本能の強すぎる人種が支配する星があるそうだ。放っておけば文明が崩壊し滅亡するかもしれない。しかし神が介入を止めて数千年が経過しその間に文明が急速に発達したことから、今更神が登場すれば大きな混乱を招きかねない。そこで神の仲介役として選ばれたのがリサで、三年前に彼女を虫喰の森に呼んだのだ。気づいたダークは計画を阻止すべく画策した。ワームホールを介してゼナーゼを虫喰の森に送り執拗にリサを襲わせたのだ」

「一つ質問」ミルキーが手を上げた。「多くの人のなかからなぜリサが選ばれたの？　まだ子供だったし何回も危機に晒されて可哀そうだったわ」

「そのことについては少々心当たりがある。神が初期の文明に介入するとき特別な遺伝子を刷込むことがあるそうじゃ。遺伝子は休眠状態で人知れずごく少数の特定の人に代々受け継がれていき、何もなければ発現することはないらしい。リサが特別な遺伝子を受け継いでいたのかもしれん」

シュガーが頷いた。「トネリーの言う通りかもしれないわ。リサは、虫喰の森に来てゼナーゼと戦いはじめてからみるみる逞しい戦士に成長していったわよね。今考えると尋常な進歩ではなかったわ。遺伝子が目覚めたのよ」

「確かにそうだ。リサは神の仲介役として故郷の星に帰るところだったのだ」

「ところがダークの策略にかかって虫喰の森に戻されたのですね」

ハッスルはナパティの言葉に頷いた。「そうだ。それが分かったのは十日前だそうだ。リサが故郷に帰ると虫喰の森で培った能力が発揮されて、文明が滅びるような危機は回避されるはずだった。三年が過ぎたのでそろそろ文明に平和が戻って落ち着いた頃だろうと判断し、白い魔法使いをリサの故郷の星に派遣したのだ。ところが争いが収まるどころか一触即発の危機が迫っていた。リサは戻っていなかったのだ。しかもさらに悪いことに、リサが魂の沼に押し返されとき黒い魔女が一緒に魂の沼を抜けて虫喰の森に紛れ込んだのだ」

トネリーが大きく頷いた。「そいつが希望の谷に現れた黒い魔女じゃな」

「虫喰の森の長老もそうみている。魂の沼は彷徨人を故郷の星に帰すもので、逆のルート、つまり魂の沼から虫喰の森に侵入することは想定されていない。つまりセキュリティが甘かったのだ」

「虫喰の森に戻されてリサはどうなったの?」ミルキーが心配顔で尋ねた。

「モノリスの調査によると、リサはダーク・キャスル、これは虫喰の森の長老が仮につけた名称だが、黒い魔女が携えてきた異次元スリー・ディ・プリンターで造られた城に幽閉されている」

「そしてリサが幽閉されているダーク・キャスルは勇気の山にある」

「ラッキー、そのとおりだ。精霊湖の小島にあることまで確認がとれている。但し、次元バリアが張られているしゼナーゼの邪悪な気配も遮断されている」

シュガーが首を傾げた。「そんな状態でモノリスはよくダーク・キャスルの場所を見つけられたわね？」

「それは意外と簡単だそうだ。黒い魔女の張る次元バリアはマイナス・エネルギーなので、次元バリアの位置情報から候補を絞って特定したそうだ」

「というわけで」と言ってハッスルは続けた。「昨日の夕方、突然虫喰の森の長老の幻影が現れて、リサについてのこれまでの経緯やヒカルたちの希望の谷での攻防等について詳しい情報を教えてくれたのだ。そしてヒカルたちと合流してリサを助ける使命を与えられ、西の森にいた私は虫喰の森の長老の計らいで次元水を通って目覚めの滝に来たというわけだ。私がリサの救出の任を与えられたのは勿論三年前のこともあるが、サリーンやローリン、そして水晶岳に住む巨人族のサイターンとも旧知の間柄であり、勇気の山に地の利があるからなのだ」

「地の利があるというのは頼もしい限りだ。おまえの考える救出作戦は？」

ラッキーに問われて戸惑った。「私の救出作戦は……ない。考えてもみてくれ、昨日の今日だぞ。

まだ何も浮かんでこないよ」

ナパティが心配顔で言った。「黒い魔女は希望の谷からダーク・キャスルに戻ったかしら？　もし、黒い魔女や解放された黒い魔法使いが城に居るとしたら救出は困難を極めるわ」

「多分二人ともダーク・キャスルにはおらんじゃろう。ゼナーゼと違って彼らは邪悪な気配を制御することができん。たとえ次元バリアがあったとしても気配は遮切れん。ダーク・キャスルここにありと言っておるようなもんじゃよ。それに希望的観測じゃが、今回は敵に先回りされておるようには思えんのじゃ」

「トネリーの感が当たっていると有難い。邪悪な気配があれば黒い魔女たちは城に居て俺たちのリサ救出作戦が察知されている可能性が高く、気配がなければ黒い魔女たちはいないので、リサ救出作戦も知られていない公算が大きいだろう」

「まずはダーク・キャスルのある精霊湖を偵察して、黒い魔女たちの有無を確認してから作戦を練ろう。ラッキー、早速だが偵察につき合ってくれないか？」

ラッキーが大きく頷き、二人は小屋をでて精霊湖に向かった。

9

春とはいえ流石に標高三千三百メートルの目覚めの滝は冷え切っていた。虫喰の森に来て二日目を迎え、ヒカルはかなり気候に順応できるようになっていたが仙女の小屋では暖炉が赤々と炎を上げていて暖かく、やはりこのほうがヒカルには有難かった。クリーンは暖炉の前で気持ちよさそうに微かに鼾をかいている。ナパティや他の皆も快適な環境に寛いで仙女の姉妹と親交を深めていたが、皆リサのことが心配でいつしかその話になっていった。

「サリーン、ローリン、ハッスルの話だと三年前に黒い魔女が精霊湖の小島にリサを幽閉するための城を築いたと言ってたよね。黒い魔女が三年前に勇気の山を訪れていたのなら、そのとき邪悪な気配はなかったのかな？」

「三年前はおろか暫く邪気はないのう。ローリン、あんたはどうじゃ？」

「私ら仙女も邪悪な気配には敏感じゃがついぞ気配を感じたことはないよ」

「やはりそうか。黒い魔女は勇気の山には三年前もその後も一度も来ていないんじゃないかな。例えばゼナーゼが黒い魔女から異次元スリー・ディ・プリンターを受け取り、精霊湖に築いた城にリサを幽閉したとは考えられない？」

「確かにダーク・キャスルの設計図をインストールした異次元スリー・ディ・プリンターを使えばゼナーゼでも可能じゃな。彼奴は戦うとき以外は邪悪な気配を消せるから、人知れずリサを幽閉することも可能じゃろう」

「ヒカルは黒い魔女はリサの幽閉には関与していないと考えているのね？」

「そうだよ、シュガー。リサの幽閉は虫喰の森の誰にも知られずに行う必要があったので役割を分担したんだと思う。実際三年間隠し通せたわけだし」

「ヒカルの推測に従うと、黒い魔女は精霊湖の小島にリサが幽閉されていることさえ知らない可能性がある。さらに言えばじゃ、儂らがリサを救出しようとしていることに敵は気づいておらんかもしれん」

「そうだと有難いわね。ところで」ナパティが素朴な疑問をぶつけた。

「黒い魔女は三年間どこに潜伏していたのかしら？」

「ふむう、難しい質問じゃな。黒い魔女を除けば今まで虫喰の森に侵入したのは七千年前の黒い魔法使いだけじゃ。しかし彼奴は昨日黒い魔女によって解放されるまで魔法の鏡に閉じ込められておった。ところが黒い魔女は三年もの間虫喰の森で人知れず潜伏しておった。何か邪悪な気配を消せるような手段がなければ難しいじゃろう。それが分かれば糸口が掴めるかもしれん」

　ハッスルとラッキーは小屋を出ると目覚めの滝を舞い上がっていった。切立った断崖は滝口から更に六百メートル程続き、大きな岩棚にでる。

「この辺りで標高四千メートルだ。ここから先は森林限界になる」

岩棚の奥に続く多少傾斜の緩やかになった崖はダケカンバを主体とした森が続き、さらに緩くなった辺りからハイマツ群落に変わってツツジ科の落葉低木が目立ちはじめた。低木帯を抜けると一面のなだらかな草原が開け、その先には険しい稜線が迫り高い峰の山頂に連なる尾根は雪で覆われている。

「勇気の山の北側外輪山の稜線だ。真正面に見えているのが主峰の水晶岳だ」

「先程おまえが巨人族のサイターンが住んでいると言っていた山か？」

ハッスルは頷いて水晶岳西側の峰を結ぶ稜線の鞍部に向かう。稜線に出ると、外輪山に囲まれた巨大なすり鉢状の窪地が一望できた。鞍部から窪地までの高低差は四百メートル程で、斜面の途中から黄緑色の草原が広がり、コバルトブルーの湖が遠くの向こう岸に沿った水面に勇気の山の南側の稜線を映している。湖の周辺はシラカバやダケカンバの小さな林が点在していた。

「精霊湖だ。ここからでは水晶岳の尾根が湖に張りだして切立った崖になっているので半分しか見えていないが、あれが目指すダーク・キャスルが築かれているとされる小島だ。周囲十二キロ程の島で名前はない」

二人は周囲に気を配りながら慎重に島に向かって斜面を下り、水晶岳の切立った崖の上の広い岩棚に下り立った。崖の高さは六十メートル程で、眼下には精霊湖の波打ち際が広がっている。湖畔から三百メートル程の沖合に目指す島の全貌が望めた。東西に延びた瓢箪型で、西側は湖面から四百メートル程の裾野から切立った崖のある岩山、東側には草地が広がっている。

「ここまで近づいても邪気は感じられないし、島には何の異常もなさそうだな」

「確かに黒い魔法使いや黒い魔女はいないようだ。こうして近くで見ると西側の岩山は険しそうだから、城が築かれているとしたら東側の草地だろう」

「湖畔から島まで三百メートル位か、テレポーテーションで渡るか」

「いや、ラッキー、島全体が次元バリアで覆われていたらどうする？」

「バリアにはね返されるか。となると気づかれずに島に近づくのは難しいな」

「それはそうと、作戦成功の要は次元バリアをどうやって破るかだが？」

「今のところナパティの力に頼るしか手はないんだが難しいかもしれない」

「神頼みならず妖精頼みか。それなら仙女の力も借りてはどうだ？　ああ見えても相当な魔法使いだぞ。三人で力を合わせれば破れるんじゃないか」

「そのアイデアに乗った。希望の谷が黒の魔法で荒涼とした冬に変えられたのを、ナパティと白い魔女のローリーが力を合体して見事に解いたのだ。今度もうまく行くかもしれない。ハッスル、二人に頼んでみてくれるか？」

「任せておけ。ところでラッキー、これ以上島に近づくと敵に気づかれる恐れがある。偵察はここまでとして、もう少し私につき合ってくれないか？」

「サイターンか？」

「彼らは水晶岳の頂上付近に住んでいるので地の利も私以上に詳しい。敵に気づかれずに島に渡る方法があるかもしれない。いざとなったら戦力にもなるぞ」

ハッスルは岩棚を飛び立って勢いよく水晶岳の頂上目指して天翔けていく。ラッキーも空に舞いながら首を傾げた。身長三十五メートルは優にある巨人族サイターンの住まいが山の頂上付近だって？……


標高四千三百メートル辺りから岩陰に残雪が散見され、四千五百メートルを超えると雪に覆われていた。頂上付近の積雪は少なく岩肌は氷で覆われ露出しているところもある。この辺りは風が強く新雪は吹き飛ばされてしまうのだろう。水晶岳の峰は烏帽子のように尖って多少西側に傾いており、東側が丸く膨らんで西側は凹んでいた。頂から二百五十メートル程下った西側の凹んだ斜面に幅広い岩棚があり、奥は巨大な洞窟が口を開けていた。ハッスルとラッキーは凍りついた岩棚に下り立って洞内に足を踏み入れた。入り口から幅六十メートル、高さ五十メートル程の巨大な洞窟が続き、十メートル程先から壁面が巨大な水晶でびっしり埋め尽くされている。大きいものでは太さ二メートルを優に超える透き通った白や淡い紫、青、黄、赤等の結晶が幾つも壁や天井から突きでている。不思議なことに水晶は淡い光を放っていてキラキラと輝いていた。洞窟内の幻想的な美しさに見とれてラッキーは暫く声も出なかった。

「これ程の規模ではないが、山頂付近にはこのような水晶洞窟が他に幾つもある。この山が水晶岳と呼ばれる所以だよ」

ラッキーは半信半疑で尋ねた。「この奥にサイターンが住んでいるのか？」

「そうだ」

洞窟の奥行きは百五十メートル程で、鏡のように磨かれた石英の壁が洞窟を塞いでいた。二人が壁の前に立つと、間もなく石英の壁が青白く輝きだす。

「ここがサイターンの住んでいる森の入り口だ」

ハッスルは石英の壁を抜けて見えなくなった。ラッキーが恐る恐る右前足で石英の壁に触れると、軽く漣が立って抵抗もなく壁のなかに入っていく。続いてゆっくり左足を踏みだして頭を壁のなかに入れると、頭が壁を抜けて目の前にハッスルの後ろ姿が見えた。ラッキーは壁を抜けてハッスルの隣に並び、信じられないという顔で辺りを見回す。

広場の周囲に森が広がっていた。すべてが巨大だった。体長四メートルのラッキーが三十センチ程に縮んだかのようだ。後ろには一辺が六十メートルはありそうな巨大な水晶の六角柱が天に向かって突き出ている。二人が通ってきた石英の壁の出口ですでに青白い輝きは薄れはじめていた。

正面には幅二百メートル程の石畳の道が伸びており、その先に大理石で造られた巨大な神殿が建っていた。道の両脇には高さ六十メートル程の巨大な獣人の石像が七体ずつ立ち並んでいる。ユニコーンや二本角のあるライオン、或いは三つの龍の頭を持つ巨人、一方で、長い髪と逞しい髭を蓄えた精悍な顔つきをした鷲人間や狼人間等が道を見下ろしていた。

二人は神殿を目指して石畳の道を進んでいく。

「サイターンは、虫喰の森の長老が用意した異次元世界に住んでいるのだ。詳しくは知らないが、かつては天の川銀河でも外れの偏狭な場所にある惑星系でひっそりと文明を築いていた。しかし、恒星の核融合が水素からヘリウムに変わって巨大化したため、星は気温が上昇し海は蒸発をはじめ、徐々に生物の住める環境ではなくなっていった。銀河の偏狭な場所にあったのが幸いして、サイターンは黒い魔法使いの介入のない温厚な人種だった。加えて身長三十五メートルを超える巨人族は天の川銀河でも極めて稀な種族だった。サイターンの滅亡を憂いた虫喰の森の長老は、彼らが滅びる寸前一族を虫喰の森に移したのだ」

「天の川銀河で生まれた稀有な文明を守るために長老が救ったのだな」

「そのようだ。サイターンは虫喰の森では唯一、天の川銀河から移住してきたハイブリッド・エネルギーを持つ種族なのだ。これらの石像は、彼らが惑星に住んでいた時代の伝説のなかから生まれた神殿の守り神だそうだ」

ラッキーは神殿に近づくに連れてその巨大さに圧倒された。幅約百五十メートル、高さ五メートル程の石段が遥か上の神殿まで五十段続いている。石段の近くまで歩を進めると、神殿のなかから黒く長い髪とふさふさした髭を蓄え褐色の肌をした巨人が出てきて手を振った。

「族長のゴーリキだ」

ハッスルも手を振って答え一気に階段の上まで飛び上がっていく。ラッキーも慌てて後を追って宙を駆け上がった。

ゴーリキは逞しい体つきで身長三十五メートルを遥かに超えていたが、顔つきは柔和で瞳は澄んだ青色をしていた。

「ハッスル、久しぶりだなー。よく来てくれた」

「ゴーリキ、元気そうで何よりだ。こちらは私の親友でラッキー・タイガー、私と同じ虫喰の森の戦士だ」

「会えて光栄だ。ラッキーと呼んでくれ」

「こちらこそ会えて嬉しいよ、ラッキー。私はサイターン族の族長でゴーリキだ。ハッスルの友なら大歓迎だ。ともあれまずはなかに入ってくれ」

神殿に入ると、まず目につくのは白を基調として青、黒、茶色に赤の混ざった縞模様が美しいメノウで造られた巨大な円形の洗礼盤で、石英で造られた十四体の獣人に支えられた台の上に乗っていた。洗礼盤のあるところは吹き抜けになっていて、両サイドから内側に小さくカーブした上り階段がある。ゴーリキは左の階段を上がっていく。高さ五メートル程の階段が二十段続いており、二人は歩いて上るわけにもいかず、ゴーリキの後から宙を舞った。二階に上がると、洗礼盤を広く囲うように半円形の手摺が設けられていた。手摺の高さだけでも二十メートルは優にありそうだ。手摺の中央の床から張りだして洗礼盤の底まで下りる石英の階段が伸びており、青く透き通った聖水で満たされている。手摺の後ろは大きな広間になっていて、中央に大理石で造られた脚のない楕円柱状の大きなテーブルがあり、正面中央に高さ七メートル、幅三メートル程の木製のアーチ型扉がついていた。神殿の内部は、色彩豊かな絵画や繊細な彫刻等の装飾は一切なく素朴であったが、それだけに唯一色彩豊かな洗礼盤の存在が引立ち、白を基調とした神殿の巨大さと相まって訪れる者に豪華な印象を与えていた。

広間では新たに二人の巨人がハッスルとラッキーを迎えてくれた。

「妻のルビアに副族長のモーリスだ。ハッスルはモーリスとは初めてだな」

ルビアも身長は優に三十五メートルを超え、小麦色の肌に長い金髪、そして透き通った青い目をしていた。逞しいなかにも女神のような美しく優美な気品が漂っている。モーリスは身長三十五メートル程で筋肉質のズングリした体系と丸顔をしており、黒く長い髪とふさふさした髭はゴーリキと同じだが、人懐こそうな顔つきをしていた。

「ハッスル、会えて嬉しいわ」

ルビアは体を五メートル程に縮めて大理石のテーブルに備えてあるアーチ型の扉を開けた。ハッスルは四メートル程のシロクマ人間に変身するとルビアに促されて扉を潜り、テーブルの中に入っていった。ラッキーも四メートル程の虎人間に変身してハッスルに続く。淡いグリーンの大理石で造られた五十メートル四方の部屋の中央に、ブナ材で作られた丸テーブルを囲んで籐椅子が五脚、等間隔に配置されている。床には緑色を基調として様々な色の草花を織り込んだ絨毯が敷かれていた。直ぐ後から体を五メートル程に縮めたゴーリキとモーリスが、最後にルビアが蔓で編んだ手提げ籠を抱えて入ってきた。

一同が席に着くと、ルビアは早速テーブルに置いた手提げ籠を開けてなかから二本のボトルと五個のゴブレットを取りだした。一本のボトルには淡い青色のエネルギー酒が、もう一本には赤紫色の果実酒が入っていた。天の川銀河から降注ぐエネルギーを直接体に取り込んでいるハッスルやラッキーにとって飲食をする必要はない。ちなみに、ヒカル等虫喰の森にやってきたビジターもエネルギーを動力源とすることができる。エネルギー酒は、このエネルギーをある種の植物の葉や果実、花等に吸収させて発酵させ特別な装置で蒸留したもので、酒といってもアルコール飲料ではなく、発酵によって天の川銀河のエネルギーが濃縮されたもので、ラッキーやハッスル等天の川銀河のエネルギーを直接取り込んでいる虫喰の森の住人のための嗜好飲料である。ルビアは二つのゴブレットにエネルギー酒を注いでハッスルとラッキーに勧め、残りの三つには自分と夫、そしてモーリス用に果実酒を注いだ。

乾杯の後、五人は改めて自己紹介を兼ねて出会いや再開の挨拶を交わした。

「ハッスルとは私の族長就任式以来だから……かれこれ五十年になるかな？」

ハッスルは笑って返した。「四十八年ぶりだ、ゴーリキ。自分の就任式位はっきり覚えておくものだ。ところで前の族長は元気なのか？」

「長老として十年程私を補佐してくれたのだが、何せ来年で丁度十万歳になる。寄る年波には勝てないようで、最近は神経痛が酷くなったとか言って森に籠りきりだ。ところでモーリスだが、三十年前に副族長として就任してもらった。私より二千二百四十五歳年上で、頼りになる男だ。宜しく頼む」

「ハッスルのことはゴーリキから聞かされている。彼の族長就任式のとき遠目にお目にかかっていたのだが、こうして会えて光栄だ」

二人は椅子から立ち上がって歩み寄り信頼の籠った握手を交わした。

一頻り雑談が続いたところで、ゴーリキが口火を切った。

「ところでハッスル、たまたま遊びに寄ったわけではあるまい。何か用事があって来たのだろう？」

「実はちょっと助けて欲しいことがあるのだ」ハッスルはヒカルの旅のこととリサの幽閉について今までの経緯を語った。

「つまり、三年前に黒い魔女が精霊湖の小島にダーク・キャッスルを築き、人知れずリサを幽閉したと言うのだな。しかし黒い魔女が小島に来れば、たとえ私が逃したとしても一族の誰かが邪気に気づくはずだが……ルビアやモーリスはどうだ？　三年前から今までにそのような話なり噂を聞いたことはあるか？」

「ないわね。邪悪な気配は只事ではないので、あれば直ぐに知らせが入ったはずよ。モーリスはどう？」モーリスも大きく首を横に振った。

ゴーリキが首を傾げた。「ハッスル、黒い魔女は本当に精霊湖に来たのか？」

ハッスルは少し考えて返答した。「明らかなのは、精霊湖の小島にダーク・キャッスルが築かれていることとリサが幽閉されていることだ。この二つは虫喰の森の長老から直接聞いているので間違いない」

そのときラッキーの首から下げているサファイアのペンダントが輝きだした。「ナパティから連絡が入った。申しわけないがちょっと席を外させてもらう」ラッキーは席を立って部屋の片隅に移動した。

〈俺だ、ナパティ〉

〈帰りが遅いから連絡したのよ。何かあったわけじゃないわね？〉

〈連絡しなくて悪かった。精霊湖と小島を偵察した後、水晶岳に住んでいるサイターンを訪れて話を聞いているところだ。先程小島から三百メートル近くまで偵察したが、小島に変わった様子はなく邪悪な気配も全くなかった〉

〈分かったわ。ところで黒い魔女だけど、小島を訪れていないかもしれないわ〉

〈どういうことだ？〉

ナパティは、ゼナーゼが黒い魔女から異次元スリー・ディ・プリンターを受け取り、精霊湖に築いた城にリサを幽閉した可能性があるとラッキーに伝えた。

〈なる程、そうであれば辻褄が合う。精霊湖や小島にこの三年間全く邪悪な気配がなかったとしても、ちっとも不思議ではないわけだ。ありがとう、参考になった〉

ルビアがナパティからの連絡を聞いて納得の表情で言った。「なる程、確かに人知れずリサを幽閉するためには、猫が鈴をぶら下げて歩いているような黒い魔女がいないほうが賢明だわね」皆は大笑いした。

落ち着いたところでハッスルが真剣な顔をして「そこでだが、明日の朝ダーク・キャスルからリサを救出したいのだが」と切りだして先を続ける。「湖畔から小島までは三百メートル程の距離がある。空を飛んで行くと敵に気づかれる恐れがあるのでテレポーテーションで島までの移動を考えたのだが、小島全体に次元バリアが張ってあると私やラッキーは次元バリアに弾き返されてしまう。島まで飛んでいかなくても島に渡れる方法はないだろうか？」

ゴーリキが言った。「方法はある。水晶岳から小島の西側にある岩山の崖下に通じる洞窟がある」

「今日一番の良いニュースだ。ところでゴーリキに一つお願いしたいことがあるのだが」ハッスルは道々頭に描いていたリサ救出作戦の概要を披露した。

10

ラッキーとハッスルが戻った後に行った昨日のリサ救出作戦会議の結果、ハッスルが作戦の指揮を執ることになった。決行するのはヒカル、ハッスル、ラッキー、ナパティ、クリーン、そして次元バリアを破るためにハッスルから要請されたサリーンとローリンの仙女姉妹。トネリー、シュガー、ミルキーは仙女の家で待機することになった。

「昨日の打ち合わせのように、黒い魔法使いや黒い魔女はいないとみていいがゼナーゼは何匹いるか分からない。そこでゼナーゼの倒しかただが、あいつらの急所は目だ。利目を潰せばゼナーゼは消滅する」

「黒い魔法使いたちがいなくても万が一の準備はしておきましょう」

ナパティが新しく加わったハッスル、サリーンそしてローリンに魔法の杖の先から金色の粉を振りかけた。

「これで少なくても黒の魔法で石に変えられることはないはずです」

リサ救出作戦チームは、昨日ハッスルとラッキーが偵察に使ったルートを辿って目覚めの滝を超えた断崖の上の大きな岩棚に出た。ラッキーはサリーンとローリンを気遣って自ら殿を務めたが、右手に長い杖を携え灰色のローブをはためかせて逞しく宙を舞っていく二人をみて舌を巻いた。ハッスルの言う通り只の婆さんじゃないな。気遣って損したかも……

水晶岳を主峰とする北側外輪山の稜線が迫ってきたところでクリーンは皆と別れ、昨日ハッスルとラッキーが目指した西側の稜線に向かった。他の皆は水晶岳の東側の稜線を超え、ほぼ垂直な断崖に連なる傾斜の緩やかな岩肌の山麓を西に向かって下っていく。間もなく緑が点在しはじめ、やがて若草に覆われていく。眼下には精霊湖が望め目指す小島も視界に捉えることができた。湖の畔から小島までの距離はおおよそ六百メートル程ある。湖岸までは徐々に傾斜の緩くなった水晶岳の山麓が続き、ほぼ平らになった岸辺にシラカバの林が点在していた。岸辺から高低差四十メートル辺りの山麓の斜面上に三十メートル程の切立った断崖が横に伸びており、所々に洞窟が散見される。皆は断崖の下のガレ場に沿って西に二百メートル程進んだところで地上に下り立った。

「昨日ゴーリキから見せてもらった地形図によると、この辺りはかつて島と陸続きだったようだ。比較的浅瀬が島まで伸びているが、それでも殆どが水深十メートルを超えている。島に続く洞窟はその下にあるようだ。待ち合わせはこの辺りのはずだが……」

断崖の上からキィーキィーキィーと甲高く鳴く鳥の声が聞こえてきた。見上げると銀色のハヤブサが崖の上から舞い下りてくる。皆のいるガレ場から崖を七メートル程上がったところに空いている洞窟の前でホバリングをはじめた。

「小島に続いているのはあの洞窟だ」

ハッスルは宙に舞い上がって洞窟に入っていく。皆も後に続き、最後にラッキーが多少窮屈そうに洞窟を潜る。入り口は少し狭かったがなかは広々としていた。

ハヤブサは銀でできた機械仕掛けの鳥で、ハッスルの肩に留まって目をキョロキョロさせて再びキィーキィーと甲高く鳴いた。洞窟に入ると身体が白く輝いて周囲を明るく照らす。

「洞窟は迷路のようになっているので、迷わないようゴーリキがナビゲーターをつけてくれたのだ。ミセス・ゴーリキの作で、彼女は動物の人口知能《AI》ロボットを作るのが趣味なのだ。名前はコロだそうだ」

コロはハッスルの肩から飛び立ち、目を光らせてキィーキィーキィーと鳴くと洞窟の奥へ羽ばたいていった。目は強力な光源になっていて、皆は洞窟の奥まで見通すことができた。百メートル程進むと、横穴は終わり垂直の縦穴が下に伸びていた。ハッスルやラッキーが下りるにも十分な広さがあるが、コロの強力な目の光でも底までは見通せなかった。縦穴が終わると曲がりくねった緩やかな下り勾配が続いて幾つかの枝分かれがあったが、コロは迷わず進んでいく。

暫く進むと巨大な鍾乳洞の広間にでた。地底の川が緩やかに右から左に流れている。高さ五十メートル程の天井から鍾乳石がびっしりと垂れ下がり、下から幾つもの石筍が上に伸びている。壁の周囲には巨大な石柱が幾つも立っており、床面に広がる流れ石から流れ落ちた水が池を形成して地下の川へと流れている。

コロは左斜めに鍾乳洞を横断するように進路を取る。百二十メートル程進むと、鍾乳洞の向かい側の壁の床面から一メートル程上に高さ三メートル、幅四メートル程の洞窟が二つ並んで空いていた。コロは躊躇なく向かって右側の洞窟に皆を誘導する。洞窟は間もなく緩やかな上り勾配になり、曲がりくねりながら幾つかの枝分かれを過ぎるうちに徐々に勾配がきつくなり、最後の四十メートル程は殆ど垂直に上って横穴に繋がっていた。横穴は間もなく右曲がりになり、次第に洞内が明るくなってやがて出口が見えてくる。

洞窟は小島の西側にある岩山の東側の崖下に通じており、幸運なことに出口の周囲は大きな岩がゴロゴロしていて隠れ場所には事欠かなかった。ナパティがひと際大きな岩に登って岩陰から見下ろすと、目の前に東側の草原が広がり、手前にダケカンバの小さな林が若葉を茂らせていた。

「島の東西を分ける括れたところにダケカンバの林があり、そこまでは見つからずに近づけそうだわ」岩の下に戻って皆に告げた。

「洞窟のなかで次元バリアに触れるのではないかと心配したが、ここまで無事にこれてよかった。バリアは草原に張ってあるようだな」

「確かめてみましょう」

ナパティがコロを呼ぶと飛んできて肩に止まる。

「コロ、ご苦労ついでにもうひと働きしてね」魔法の杖でコロに金粉を振りかけ頭を優しく撫でる。「次元バリアの境界を確認してきてちょうだい」

コロはナパティの肩から飛び立つと姿が見えなくなった。

「え？──」ナパティは一瞬戸惑った。

ハッスルが頭を掻く。「悪い、悪い。コロに偵察を頼むことがあるかもしれないと考えて、ミセス・ゴーリキにステルス機能をつけてもらったのだ」

コロはダケカンバの林から十メートル程先の島の東側の、ナパティや皆から見える草原に一度姿を現して振返る。ナパティが親指を立てると再び姿を消してナパティの肩に戻ってきた。

「コロにマイナス・エネルギーを感知する魔法をかけたのよ。林の十メートル程先から次元バリアが張ってあるようね」

「それでは救出作戦を開始しよう」

ハッスルは岩場の陰でシロクマ人間の戦士に変身する。身の丈五メートル、銀色の鎧を纏い左手に銀色の盾を、そして右手には銀色の柄のある長剣を握っていた。ラッキーもトラ人間の戦士に変身して岩場で待機し、他の皆は慎重に歩を進めてダケカンバの林に分け入る。

「サリーン、ローリン、用意はいい？」

二人が頷くと、ナパティは林の先端の木の陰から右手を突きだし、天色に光る強烈なプラス・エネルギー波を目の前の草原の上に向かって放つ。同時にナパティの両隣の木陰から、サリーンとローリンも長い杖の先から緑色に光るプラス・エネルギー波を照射する。三つの光は一点に集まって一本の強烈な光線となって前方七メートル位の高さを直撃した。光線が弾けた辺りから青白く光る染みが現れて急速に広がり、草原を覆っていた高さ二百五十メートル程の巨大なドーム型の次元バリアの輪郭が浮かびあがってくる。しかし三人がいくら照射を続けても、青白いドームはきらきら光るだけで破れる気配はなかった。

「だめか……」ハッスルが嘆息する。

と、そのときヒカルが青白く輝き、林を抜けて次元バリアのドームの前に立って右手に携えた希望の剣をドームの照射点に向ける。剣の先から金色の光が放たれドームの照射点を貫く。同時にドームのなかからも、銀色の光が斜め下から金色の光と照射点を交差するように貫いてきた。照射点は一瞬激しく輝いて穴があき、みるみる広がって次元バリアは破れダーク・キャスルが姿を現した。

11

東西百五十メートル、南北百二十メートル、高さ二十メートル程の台地状の岩山を土台に、東西百四十メートル、南北百メートル程の城が島の東側の中央に築かれていた。北西には土台ぎりぎりに高さ六十メートル程の円錐屋根の塔が立っていた。土台に沿って南西の角にも同じ塔が築かれている。四十メートル程の高さに二つの塔を繋ぐ回廊が見られる。北東の角には高さ四十メートル程のやはり円錐屋根の城壁塔があった。三つの塔を挟んで高さ三十メートル程の城壁が城を取り囲み、南東の角は城壁の高さに合わせて外殻塔が築かれている。城壁塔の外側には高さ三十五メートル程の門塔が土台下から伸びており、そこから数メートル城側の土台を刳り貫いて城門が築かれていた。城というよりは要塞と言ったほうが相応しく、黒灰色の不気味な様相を呈していた。

次元バリアが破られたのを合図に、水晶岳から大きな石が次々に飛んできて城の塔を直撃し破壊していった。昨日ハッスルとラッキーが偵察に訪れた、島から三百メートル離れた湖岸の切立った六十メートル程の断崖の上の岩棚から、三人の巨人がダーク・キャスル目掛けて大きな石を投げている。いずれも身の丈四十メートルはありそうな筋肉隆々とした巨人で、凄まじい力を発揮してたちまち二つの塔を繋ぐ回廊も破壊した。更に体長四十メートル程に巨大化したクリーンが、岩棚から飛び立ってダーク・キャスルの上空から大きな石を投げおろし、城の屋上となる城壁の内側を攻撃する。石がなくなると巨人が投げた石を受け取り、さらに攻撃を加えて屋上を破壊して大きな穴を開けていく。破壊された塔や城の屋上に空いた穴から何匹ものゼナーゼが飛びだしてくる。凄まじい邪気が充満して空一面に黒雲が湧きたちまち嵐が吹き荒れる。

ヒカルは希望の剣に操られるままに動いていたが意識は失っていなかった。青白い輝きが消えて希望の剣の縛りが解けると同時にラッキーが飛んでくる。ヒカルは大丈夫と判断したラッキーは、ヒカルとナパティを連れて城の屋上となる城壁の内側にテレポーテーションする。

「リサを頼む」ラッキーは宙に舞って城から飛びだしたゼナーゼに向かう。

ハッスルも仙女姉妹を連れて城門の前に瞬間移動する。力任せに鉄の城門扉を破ると、「リサの救出を」と言い残してゼナーゼ目掛けて大空に舞い上がる。

ヒカルとナパティはクリーンに破壊されて城壁の内側の屋上にできた穴を潜って城の最上階に舞い下りる。広間を支える円柱の陰から二匹の黒い悪魔が飛びだして二人に襲いかかる。一匹の悪魔は大きな黒光する鎌をヒカル目掛けて振り下ろす。ヒカルは希望の剣で鎌を弾くと反転して悪魔の胴を払う。鋭い太刀筋に悪魔は避けるのに精いっぱいでバランスを崩す。ヒカルは隙を逃さず突進して右目を貫く。黒い悪魔は凄まじい悲鳴を上げながら光輝き、砂のように崩れて消えていった。もう一匹の悪魔は鎌を袈裟懸けに振り下ろしてナパティを襲った。軽く躱して上に回り込んだナパティは衝撃波を放つ。悪魔は床に叩きつけられた。身体を起こす前にナパティの放ったプラス・エネルギー波が黒い悪魔の右目を貫き、砂のように崩れて消滅した。

「ヒカル、身体が青白く光っていないのに黒い悪魔を仕留めたわね。凄いわ」

ヒカルはいつの間にか希望の剣の力を借りなくても敏捷に反応し、相手の動きが読めるようになっていた。

突然、希望の剣の柄頭に嵌めこまれたルビーが赤く光りだす。希望の剣が何かと呼び合っている。それは城の下にある。

「リサは城の下だよ」

ナパティが頷いて辺りを見回すと東側の隅に下の階に下りる螺旋階段がある。二人は一気に階段を下りる。上階と同じように何本もの柱で支えられた広間になっているが、壁で仕切られて中央に分厚そうな鉄の扉がある。近づくに連れて邪悪な気配が強くなる。ナパティはヒカルに目配せすると、両手を広げてプラス・エネルギー波を照射し、扉を向こう側の広間に吹き飛ばした。一瞬の静寂の後、体長三メートル程の真っ赤な目を不気味に光らせた長毛の黒い狼が二頭、牙を剥いて広間に飛び込み空中でしなやかに反転して二人の前に対峙した。

不気味な赤い目は？　そうか、こいつらもゼナーゼだ。

「ナパティ、こいつら右利きか左利きか分かる？」

「分かるわけないわ。分からなかったら両目を潰せば」

多少手ずったが戦いは二十秒程でけりがついた。ナパティはプラス・エネルギー波で狼の右目を射抜き、ヒカルは結局両目を刺し貫いて消滅させた。

城は四層構造になっており、二人は二階でも一匹ずつゼナーゼを倒して一階に続くラセン階段を下りて行った。下りるに従って希望の剣の柄頭に嵌めこまれたルビーの輝きはどんどん強くなっていく。

サリーンとローリンはハッスルが破った城門に入ろうとした。と、そのとき門塔の見張り台から凄まじい稲妻ビームが二人を襲う。

「ローリン、危ない！」

間一髪、サリーンはローリンの腰を蹴って城門のなかに突き飛ばし、華麗に空中を反転して稲妻ビームを躱しながら見張り台に杖を向けてプラス・エネルギー波を放つ。ゼナーゼは凄まじい叫びを上げて仰向けに倒れる。透かさずサリーンは宙を舞って門塔の見張り台に下り立つ。黒いフードから髑髏が不気味な顔を覗かせている。ローブから見えている手も骸骨だった。空洞になった髑髏の目から赤色の輝きは失せていたが僅かに邪気が漂う。サリーンはプラス・エネルギー波を照射して止めを刺すと、門塔の螺旋階段を下りて行った。


サリーンに蹴飛ばされたローリンは危うく壁に頭をぶつけるところだった。

「全くサリーンは乱暴なんだから」

腰を擦りながら城門を潜ると幅四メートル高さ五メートル程の石の隧道が続く。壁灯が点いていたが、隧道内は薄暗くじめじめして黴臭い匂いが充満している。十メートル程進むと石の階段が緩やかに右曲がりに上っている。城門を潜ったときから邪気を感じていたが、石段を上りはじめると急激に強くなる。右曲がりが終わって踊り場に出たところで頂点に達した。踊り場から真直ぐ上に伸びた階段の中途から、二つの真赤に燃えた不気味な目がローリンを睨んでいる。

「嘘じゃろう……」

体長三メートルはある長毛の獣が牙を剝いて威嚇した。

グルルルル……

吠え声は低音で体毛は黒かったが見かけはハイエナの化け物だった。数秒の睨み合いの後、ハイエナが素早く階段を蹴ってローリンに襲いかかる。ローリンは咄嗟にハイエナの牙を避けるぎりぎり間合いをとって前方宙返りで舞い上がりざま杖頭でハイエナの頭を打ち据える。ハイエナは半回転して仰向けに階段下の踊り場に激突した。上に回ったローリンはしなやかに体を反転させ、杖から緑色のプラス・エネルギー波を放ってハイエナの右目を射抜く。ハイエナは凄まじい叫び声を上げて砂のように崩れて消滅した。

階段の先は城の一階にあたる大広間に通じていた。

巨人とクリーンが投石で破壊して崩れた穴から次々にゼナーゼが飛びだしてくると、クリーンは反転して勢いよく島を離れて湖上高く舞い上がりぐんぐん上昇していった。十数匹のゼナーゼがクリーンを追ってくる。頃合いを見計らってスピードを落とすと、クリーンに近づいた先頭の二匹の黒い悪魔が稲妻ビームを放つ。輸送時と違ってクリーンは単身なので猛スピードで自在に動くことができた。難なく稲妻ビームを躱すと反転急降下して悪魔に突進し、長い尾を強烈に横払いして二匹を湖に叩き落とす。そのまま速度を緩めず急降下を続けてゼナーゼの群れに突っ込み、さらに一匹の悪魔と二匹のゼナーゼ（鋭い鉤爪を持った翼竜と翼の生えた猛牛）を蹴散らした。湖面すれすれまで急降下して再び反転急上昇する。そのときクリーンの目にゼナーゼの群れに突っ込んでいくラッキーの勇ましい姿が捉えられた。

残り二十数匹のうち十数匹のゼナーゼは巨人が立つ水晶岳の岩棚に向かった。三人の巨人は大きな石を投げて五匹のゼナーゼを湖に沈めた。残ったゼナーゼが岩棚に押し寄せてくると、巨大な剣を抜いて応戦する。黒い悪魔から稲妻ビームが放たれると、巨人は剣背で受けて襲ってくるゼナーゼに反射ビームを浴びせて倒した。振り下ろされた鎌は剣で黒い悪魔の体ごと弾き飛ばし、牙を剝いて襲ってくるゼナーゼは首を断ち切った。

城の上空で戦況を見ていた残りのゼナーゼが加勢に向かおうとしたとき、ハッスルが猛スピードで駆け上がってゼナーゼの群れのなかに突進した。

門塔の螺旋階段は城の一階の大広間に通じていて扉はなかった。サリーンがなかに入ると頭上から黒い悪魔が黒い剣を振り下ろしてきた。邪気を察知していたサリーンは難なく杖で剣を受け、杖頭で悪魔の頭を横殴りに打ち据える。床に叩き飛ばされた悪魔は剣を杖に変え、サリーン目掛けて闇雲に稲妻ビームを放つ。サリーンの姿はなく稲妻ビームは空しく門塔の入り口辺りを何度も直撃して破壊する。素早く華麗に宙を舞って後ろに回ったサリーンは、プラス・エネルギー波を照射して悪魔の後頭部から右目を貫く。

「サリーン、やるじゃない」ローリンがニコニコしながら一気に階段の上を舞って大広間に入ってきた。

「大広間にはこいつ一匹だけのようじゃ」

「陽動作戦が功を奏してゼナーゼの多くは城の外に出たようじゃよ」

「ところでリサは何処に幽閉されておるんじゃ？」

答えは東側の奥まったところにある上階に通じる螺旋階段から下りてきた。

「サリーン、ローリン、大丈夫ですか？」ナパティが二人の所に飛んでくる。ヒカルも大広間に下り立った。

「ゼナーゼの一匹や二匹どうでもないわい」不敵に笑うサリーン。

「リサが幽閉されているのはこっちだ」

ヒカルは柄頭に嵌めこまれたルビーの輝きを頼りに広間の西側に向かう。広間を支える数本の石柱の先は壁になっていて、中央と北側、南側に青銅のアーチ型扉があった。希望の剣がヒカルの手から離れて空中を移動して南側の扉の前で止まる。中央に恐ろしい形相をした銀製の二本角の鬼の顔が嵌めこまれていた。鬼の顔が薄っすらと輝きだし、真一文字に閉じていた口がカアっと開いて奥に鍵穴が見える。希望の剣の切っ先が鍵穴に向いて金色の光が照射される。扉は青白く輝いてゆっくり上昇し上壁のなかに納まる。扉の先に宙に浮かぶ銀色に輝く剣が見え、柄頭のルビーが赤く輝いていた。

「リサが授かった勇者の剣ではないかしら？」

「間違いない。ダーク・キャスルに来てから二つの剣は互いに引き合ってたんだ。次元バリアを破るときなかから照射された銀色の光線は勇者の剣から照射されたんだよ。今も勇者の剣が鬼の口を開けさせたに違いない」

扉の先は幅七メートル、高さ十五メートル程の石畳の隧道が四十メートル程続いて行き止まりになっていた。

「邪悪な気配が突き当りの右下から漂っているわ。しかも二匹いるわ」

「どこかに地下に通じる隠し扉があるんじゃろう」ローリンが壁を見回す。

突然コロが隧道の天井に姿を現しキィーキィーキィーと鳴いた。

「コロ、貴方もついてきたのね」

コロが隧道の奥近くの石畳の上に下りると、足元の敷石ががくんと下がる。ゴゴゴゴーという音とともに右奥の壁の一部が高さ七メートルの辺りまで奥にスライドし、地下に通じる階段が現れてくる。コロは慌てて空中に羽ばたき、甲高い鳴き声を残して再び姿を消した。間髪を入れず階段の下から二匹の黒い悪魔が飛びだしてくる。一匹の骸骨悪魔は黒い大鎌を振り翳し、皆の頭上を飛び超えざま最後尾にいたローリンを襲う。ローリンは石畳を蹴って飛び上がりざま大鎌を杖で弾いて上に回り、骸骨悪魔が石畳に下りる瞬間を狙ってプラス・エネルギー波を照射する。敷石が音を立てて砕け散る。石畳を転がって辛くも逃れた骸骨悪魔の目の前にサリーンが立ちはだかっていた。ニヤっと笑って杖の先を骸骨悪魔の右目に突き刺す。骸骨悪魔は砂のように崩れて消えた。

もう一匹の黒い悪魔は今まで出会ったなかでも群を抜いて大きく身の丈四メートルを遥かに超えていた。天井近くからヒカルを狙って稲妻ビームを放つ。ヒカルは透かさず盾で受けて弾き返す。稲妻ビームは凄まじい音と共に天井の石を砕いて大きな穴を空け、砕けた石が石畳にバラバラと落ちる。横に飛んでビームを躱した悪魔は、杖を黒い剣に変えて天井を蹴ってナパティに襲い掛かる。ナパティも魔法の杖を剣に変えて悪魔の鋭い一撃を躱すと、上空にすり抜けざまに胴を払う。体を横に捻ってナパティの剣を躱した悪魔は、反転下降すると間髪を入れず石畳を蹴って飛び上がり、天井近くに舞い上がったヒカル目掛けて鋭い突きを入れる。ヒカルも天井を蹴って突進し、間合いを見計らってすれ違いざまに剣を振った。悪魔の剣はヒカルの額を掠め、ヒカルの剣は悪魔の胴を切り裂いた。悪魔はもんどり打って石畳の上に転がり動かなくなった。

邪悪な気配が消えたので皆は急いで地下に続く階段を下りていく。地階は間口十五メートル、奥行き四十メートル程の広さで、部屋の奥半分程は鉄格子が嵌った牢獄になっていた。幾つか壁灯が点いていたが部屋は黴臭く暗かった。牢獄の隅に木造りのベッドが設えてあり、少女が羽毛布団を掛けられて眠っていた。

「リサだわ」ナパティが牢獄に近づく。

「リサ、リサでしょ？　目を覚まして！」

「鍵が掛かっていない」ヒカルが扉を開けようとする――

「待って！」ナパティが制止し、扉とその周囲に魔法の杖を翳していく。魔法の杖は何の反応も示さなかった。

「大丈夫、扉に罠や魔法は仕掛けられていないわ」二人は牢に入る。

ヒカルと同い年位の愛くるしい少女だったが顔は青白く生気がなかった。ナパティが少女の顔の前に魔法の杖を翳すと杖の先が赤く輝いた。

「眠りの魔法が掛けられているわ。サリーン、ローリン、ちょっと来てくれる」

サリーンとローリンが少女の様子を覗う。

「大丈夫じゃよ。目覚めの滝に生えている薬草で目覚めさせられる」

サリーンはローブのなかから薬草を煎じたエキスの入った瓶を何本か取りだし、そのなかの一本を選んだ。「これじゃこれじゃ」蓋を開けて少女の口に数滴垂らす。次に杖頭を少女の顔の上に翳して呪文を唱えると、杖頭から青白い霧が出て少女の口のなかに吸い込まれていく。少女の顔が一瞬青白く輝き、輝きが薄れるとほんのり赤みが差して少し生気が戻ってきた。

「これで大丈夫じゃが、この子は可なり長い間眠らされていたようじゃ。目覚めるには少々時間が掛かりそうじゃよ」

ナパティは少し安堵した。そのときラッキーから交信が入った。

〈外のゼナーゼは大分片づいた。そちらはどうだ？　リサは見つかったか？〉

〈こちらは全員無事。リサも確保したわ。但し問題が一つ。リサは眠りの魔法を掛けられているの。サリーンが魔法を解いてくれたけど目覚めるには少し時間が掛かるらしいわ。眠ったままのリサを連れ出すのはちょっと難しいわね〉

〈分かった、こちらで何とかする。場所は？〉

ナパティが説明すると〈ゼナーゼが向かってきた〉と言って交信が切れた。

ナパティはラッキーとの交信を皆に伝えると、ヒカルの顔をみて声を高めた。「ヒカル、ちょっと、額から血が出ているわ！」

「心配ないよ。黒い悪魔の剣がちょっと掠っただけだから」

ナパティはヒカルの額の傷口に手を翳す。手がオレンジ色に輝きヒカルの傷口に伝搬する。輝きが薄れると傷は跡形もなく消えていた。

「ナパティ、ありがとう」

「礼には及ばないわ。仲間だもの。それより」ナパティはサリーンやローリンにも顔を向けて言葉を継いだ。「ここにいて新たな敵が襲ってこないとも限らないわ。リサを連れて出来るだけ城の出口に向かいましょう」

「今のところ近くに邪悪な気配はないけど、まず僕が階段を上がって隧道の様子を偵察しよう。階段の上から合図を送ったら皆上がってきて」

「ヒカル、一段と逞しくなったわね」

隧道に戻ると石畳に倒れていた筈の黒い悪魔が消えていた。何処に消えたんだ？　疑問が過った瞬間、凄まじい邪気が上から襲ってきた。咄嗟に石畳を蹴って斜め上に飛び上がる。間一髪強烈な稲妻ビームがヒカルの立っていた場所を貫き、凄まじい音とともに石畳を粉々に打ち砕いて大きな穴を開けた。ヒカルは空中で素早く反転しながら体を捻り、隧道の天井に張りついていた黒い悪魔に金色の光線を浴びせる。光線は悪魔の頭を掠めて天井を粉々に打ち砕く。悪魔は紙一重で躱したが、光線で崩れた天井の石の破片を浴びて反撃が遅れた。一瞬の隙を逃さずヒカルは天井近くまで飛び上がって攻撃態勢をとる。黒い悪魔は杖を剣に変えてヒカルに突進する。ヒカルも真向うから迎え撃って両者は空中で激しく剣を交える。そこへナパティが魔法の杖を剣に変えて加勢に入る。隧道で石の砕ける激しい音が響いたので急いで飛んできたのだ。たちまち悪魔は劣勢になり、何度目かのヒカルの強烈な一撃が悪魔の額を割る。凄まじい悲鳴を上げて悪魔が仰向けに石畳に落下し、落下の衝撃で剣が手から離れ石畳に転がる。透かさずナパティが舞い下りて右目を貫いた。黒い悪魔は一瞬強烈な光を放って砂のように崩れて消えていった。と、敷石の上に転がっていた黒い悪魔の剣も黒い杖に戻り、一瞬強烈な光を放って砂のように崩れて消えていく。

「こいつは攻撃の瞬間まで邪悪な気配を制御できるようだ。危なかったよ」

「馬鹿でかいだけじゃなかったわね。結構手強かったし黒い悪魔にしては凄まじい回復力だったわ」

――ダーク・キャスルが突然揺れだした。

「ナパティ、若しかしたらこいつがダーク・キャスルを造ったのでは？　消えた杖に異次元スリー・ディ・プリンターが組み込まれていたとしたら――」

「城は消滅するわ！」

体長六メートルまでに体を縮めたクリーンが隧道内に飛び込んできた。

「ラッキーに頼まれてリサを救出に来ました」

「急いで！　リサは地階よ。城が崩れるわ！」

城が崩れるって？　この揺れは……慌てて猛スピードで地階に下りて行く。

「僕も行く。リサの補助が必要だ」ヒカルがクリーンの後を追う。

ナパティは最短の脱出ルートを探そうと大広間に戻っていく。ヒカルはリサを抱き上げてクリーンの背中に乗る。クリーンとサリーン、ローリンが隧道を潜り抜けた瞬間、先程の戦いで穴が空いて脆くなった天井が一気に崩れ、大量の瓦礫が隧道内に落下する。城の揺れはどんどん激しさを増していく。大広間に戻ると石柱が次々に倒れてくる。クリーンたちは倒れてくる石柱を巧みに躱して大広間の東の隅でナパティと合流する。

「脱出ルートを探すまでのこともなかったわ。こっちよ、急いで！」

先程サリーンとの戦いで黒い悪魔に破壊された門塔の入り口に向かう。

入り口は明るかった。稲妻ビームによる破壊と城の大きな揺れで、門塔は入り口のところで折れて崩れ落ちていた。皆は一気に外に飛びだして大空に舞い上がる。間一髪、ダーク・キャスルは轟音を立てて倒壊した。瓦礫は砂のように崩れる。砂山のなかからコロが飛び出す。空中で勢いよく頭を振り羽をバタつかせて砂を払うと、ナパティの肩に止まってキィーキィーキィーと鳴いた。

「コロ、無事で良かった。心配したのよ」ナパティはコロの頭を優しく撫でた。

砂山は少しずつ空中に舞って消えていった。

12

ヒカル、ナパティ、クリーン、サリーン、ローリンは湖畔の草原に下り立った。ハッスルとラッキーも戦士の変身を解いて空から下りてくる。

「城のなかにひと際大きな黒い悪魔がいたわ。そいつが多分ゼナーゼのリーダーでしょう。ヒカルがそいつを倒したら杖も消滅して城が崩壊したの。異次元スリー・ディ・プリンターでダーク・キャスルを築いたのも多分そいつね」

「リーダーが倒されたので残ったゼナーゼが退散したのだな」ラッキーが頷く。

「そいつを倒せたのはナパティの加勢があったからなんだ。でなければ僕は危なかったよ」ヒカルがリサを抱えてクリーンの背中から下りてきた。

「う、うーん……」ヒカルの腕のなかでリサが目覚めはじめた。

ヒカルは優しくリサの体を叢に横たえる。皆が心配そうに様子を覗う。リサはゆっくり目を開け目玉をキョロキョロさせた。暫く意識が薄らいでいるようだったが、急に気がついたように瞳が輝いて体を起こした。

「ラッキー、ハッスル、そうよね?」

「そうだよ、リサ」ラッキーに安堵の表情が広がった。

「リサ、無事でよかった」ハッスルも笑みを浮かべた。

「ここはどこなの？」

「虫喰の森だ」ラッキーが答えた。

リサは戸惑いの表情を浮かべた。「あたし何だかよくわからない。だって、ラッキーやハッスルとはさっき別れたばっかじゃない。なのに何年も会っていないように懐かしんじゃって」

「おまえは監禁されていたのだ。何も覚えていないのか？」

「故郷の星に帰るために魂の沼に入ったのまでは覚えてるけど……」

「三年前のことだ。おまえは三年間も眠り続けていたのだ」

「三年前ですって！　三年間も眠ってたってゆうの！」リサは一気に目覚めた。

「どうやらリサらしさを取戻したようだな」ラッキーはホッと一息ついた。

唐突にナパティの肩に止まっていたコロがキィーキィーと鳴いた。

「コロ、無事だったか。よかった。コロが壊れてしまったらミセス・ゴーリキに合わせる顔がなかった。さー、こっちへおいで」

ハッスルが手招きするとナパティの肩からハッスルの肩に移った。

「ちょっと巨人たちに挨拶してくる。さあ、コロ、家に帰ろう」

コロはハッスルの肩からキィーキィーキィーと鳴いて皆に向かって別れの挨拶をする。ハッスルは巨人のいる水晶岳の岩棚に向かって空に舞い上がった。

「リサ、改めて紹介しよう。おまえと同じように虫喰の森に迷込んできたヒカル、それに妖精のナパティ、ドラゴン・エクスプレスのクリーン、そして仙女のサリーンとローリンだ。皆の協力のお陰でゼナーゼに監禁されていたおまえを救出することができたのだ」

リサは皆の安堵した表情から自分を心から気遣ってくれたのだと分かり、感謝の気持ちでいっになく素直な言葉がついて出た。「リサです。何も覚えてなくてごめんなさい。助けてくれて本当にありがとう」

ラッキーは、昨日ハッスルから聞いたことやそこから皆で類推したこと等を掻い摘んでリサに話した。

ナパティがつけ加える。「貴方を魔法で眠らせたのは恐らく黒い魔女でしょう」

ヒカルがリサに笑顔を向けた。「僕はヒカル。あ、いや、記憶がないから本当の名前は分からないんだ。記憶を取戻して故郷の星に帰るために旅をしてる。ラッキー、ハッスル、ナパティ、クリーンは僕を助けてくれる旅の仲間で、他にもトネリーと梟姉妹のシュガーとミルキーが一緒なんだ」

「あたしと同じね。仲間も一緒だわ。ヒカルも虫喰の森の長老に選ばれて虫喰の森に来たの？」

「分からないんだ。君と違って僕は故郷の星のことを何も覚えてないんだ」

「記憶を失くしてるのには何か理由があると思うけど、多分あたしと一緒よ。虫喰の森の長老に選ばれて虫喰の森に来たのよ」

「トネリーもそう言ってた」

「トネリーは何処にいるの？」

「シュガーやミルキーと一緒にサリーンとローリンの家にいる。山の中腹にある目覚めの滝というところだ」

リサを囲んで皆が親交を深めていると、サリーンが水晶岳の岩棚を指して言った。「ハッスルが呼んでおる」

ハッスルが岩棚の上に立って両手を上げていた。三人の巨人も崖を登る途中から大きな手を振っている。皆も巨人たちにお礼の手を振った。ナパティには一人の巨人の肩がピカッと光ったように見えた。コロもお家に帰るのね……

「この山、水晶岳に住む巨人族のサイターンだ。彼らもおまえの救出に力を貸してくれたのだ」

リサも手を振る。巨人たちは勢いよく崖を登って帰っていった。

「ハッスルが呼んでいる。さー、引き揚げよう」

――突然黒雲が湧いて空が暗くなり、邪気が島を充満した。雷鳴が轟き、稲妻が光り、雨交じりの強風が吹き荒れる。湖の上空に黒い魔女が忽然と現れ、ゼナーゼも次々と姿を現す。十数匹はいそうだ。ダーク・キャスルの残党だろう。黒い魔女はゼナーゼを引き連れ、小島に向かって猛スピードで迫ってくる。

リサが素早く反応して空に駆け上がる。

「あの先頭を駆けてくる、黒いローブにとんがり帽子を被ってるやつが黒い魔女ね！」いつの間にか右手に勇者の剣、左手に勇者の盾を握っていた。

「あ、リサ、待って！」ナパティが透かさずリサの後を追って空に舞い上がる。

ヒカルも反射的に体が動いて剣と盾を持って飛び上がった。ラッキーも素早く反応して空に駆け上がり様戦士に変身する。

「よくもあたしを眠らせてくれたわね」

リサは黒い魔女目掛けて真一文字に突っ込んでいく。魔女の杖から黄色の光線がリサを襲う。盾で光線を躱すと、すれ違いざま剣を振って魔女の帽子を切り飛ばし、反転して魔女の上に回る。動きは読まれていた。黒い魔女の放った二度目の光線がリサを直撃する。リサの体はたちまち石に変わり湖に落下してく。

「リサあー！」ナパティがリサの後を追って湖に飛び込む。

一呼吸遅れてやってきたクリーンも湖に飛び込んだ。「リサあああー！」

ヒカルが黒い魔女に突進して下から剣を突き上げる。鋭い突きを辛うじて躱すと、魔女は反転して素早く杖を黒い剣に変える。上に回ったヒカルは後方宙返りで半回転し、魔女の頭に剣を振う。ヒカルの剣を弾き返した魔女は逆袈裟に剣を振り上げる。ヒカルは盾で剣を弾き、返す盾で魔女の頭を強かに打ち据えた。

「ギャア！」黒い魔女は湖に落ちていく。

透かさず水晶岳の岩棚から駆けつけたハッスルが突進し、剣を水平に振って魔女の胴を割る。黒い魔女は湖に落ちる寸前強烈な光を放って姿を消した。


ラッキーはリサと黒い魔女の戦いを横目に捉えたが、後方に迫りくるゼナーゼの群れを放っておけず、止む無くゼナーゼに舵をきる。たちまち数匹の黒い悪魔と黒い猛獣を剣で引き裂いて蹴散らす。間もなくサリーンとローリンも戦いに加わり、ゼナーゼの群れはたちまち劣勢となる。更に黒い魔女を倒したヒカルとハッスルが駆けつけたので、ゼナーゼたちは倒されるか瞬間移動で逃げていった。

ヒカルたちは直ぐさまリサが沈んだ辺りの湖面に向かう。ラッキーが飛び込もうとすると、湖面からリサが勢いよく飛びだしてきた。続いてナパティ、クリーンも水飛沫を上げて空に舞い上がる。

「黒い魔女は何処！」開口一番リサが大声で叫んだ。

「戦いは終わったよ、リサ。いつものことだが無鉄砲にも程があるぞ」

「私が魔法を解かなかったら貴方は石のまま湖の底よ」怖い表情のナパティ。

「ごめん、黒い魔女を見つけてついカアっとなっちゃって……ナパティ、何とお礼を言ったらいいか……とにかく助けてくれてありがとう」

無茶でお転婆だけど素直で憎めない子だわ……

「黒い魔女は死んだ？」

「いやヒカル、俺は黒い魔女は不死身だと虫喰の森の長老から聞いている。だから七千年前の戦いのとき、長老は黒い魔法使いを魔法の鏡に閉じ込めたのだ」

「でもどうして黒い魔女が現れたんだろう？」

「ゼナーゼ、例えばヒカルが倒したリーダー格のやつと黒い魔女の間に何らかの交信手段があったのかもしれない。予期せぬ奇襲を受けて黒い魔女の加勢が遅れたのだよ」ハッスルが思案気に答えた。

「待って！　黒い魔法使いがいないのはなぜ?!」ナパティが気づいたように声を高めた。

「そういえば……悪い予感がする。トネリーやシュガー、ミルキーは大丈夫だろうか？　黒い魔法使いに襲われたら一溜まりもない」ラッキーに不安が過った。

13

皆は精霊湖を後にして目覚めの滝に向かって帰路を急ぐ。北側外輪山の外に広がる草原を抜けてハイマツ群落に変わった辺りから邪悪な気配が漂いはじめ、目覚めの滝のある崖の上の岩棚まで来ると崖下から強烈な邪気が襲ってきた。岩棚の下は暗く靄が掛かっている。

「まずい、予感が的中した！」

ラッキーは岩棚を越えて一気に滝に向かって急降下する。途中崖の彼方此方から数多くの鳥が崖下目掛けて飛んで行く。ワシ、タカ、ハヤブサ、フクロウ等の猛禽類に混じってカラス、カケス、モズ、オオルリ、エナガ、アオゲラ、スズメ、シジュウカラ等雑多な鳥たちが一斉に目覚めの滝を目指していた。

「あ、あれは何だ！」

滝口を越えた辺りでラッキーが下を指さす。池の真ん中辺りの上空四十メートル付近に黒い巨大な塊が動いている。鳥の群だった。凄まじい数の鳥たちがバサバサと音を立てて何かを襲っているようだ。次々に鳥たちが突っ込んでいく。群の下から何かがぼたぼたと落ちて池に沈んでいく。石に変えられた鳥たちだ。

ナパティが声を上げた。「襲われているのは黒い魔法使いだわ！」

梟姉妹が巨大な鳥の群の周りに浮かんで魔法の杖を構えていた。

ハッスルが驚いた。「シュガーとミルキーが鳥を呼んで黒い魔法使いの攻撃を防いでいるのだ」

ラッキーとハッスルは直ぐさま戦士に変身し、ナパティと、剣と盾を携えたヒカル、リサと共に急降下して鳥の群を囲んだ。

「皆戻ってきたのね、良かった！　トネリーが黒い魔法使いに襲われたのよ！　橋の袂よ！」

シュガーが杖を構えながら叫んだ。

目を凝らすと、池から流れる小川に架かる仙女の住まいに向かう木の橋の袂にトネリーが倒れている。ナパティが囲みから外れてトネリーの元に飛んで行く。サリーン、ローリン、クリーンも急降下で橋の袂に向かう。

「シュガー、ミルキー、後は任せろ！」ラッキーが大声で叫ぶ。

「よかった。そろそろ限界だったのよね。後はお願い」

鳥の群が膨らみ黒い魔法使いが鳥を蹴散らして上に舞い上がる。透かさず群の上に回っていたラッキーが黒い魔法使いの出鼻を襲って上段から剣を振り下ろす。魔法使いは辛うじて躱したが、間髪を入れずハッスルの剣が魔法使いの胴を水平に切り裂く。続いてヒカルが逆袈裟懸けに右脇から左肩に切り上げ、最後はリサが右目に剣を突き立てた。黒い魔法使いは凄まじい叫びを上げて一瞬金色に輝いて消え、目覚めの滝は明るさを取戻した。

鳥たちは散りはじめたが、まだ多くが心配そうに水面を眺めていた。

トネリーは胸を赤く染めて橋の欄干に寄りかかり、足元には血溜まりができていた。

「トネリー、しっかりして！」ナパティが大声で呼びかける。

「う、むむむ……」

「大丈夫、生きているわ。胸を刺されているけど急所は外れている」

サリーンの手を借りてトネリーを橋の傍の叢の上にそっと仰向けに横たえると、赤く染まった胸に手を翳す。オレンジ色の輝きがトネリーの胸に広がる。黒い魔法使いを倒した皆も険しい表情でトネリーの傍に集まってくる。いつの間にか多くの鳥たちが深刻な表情で周囲の草原に下りてきた。ほんの数分の時の流れが永遠のように感じられる。やがてオレンジ色の輝きが薄れてくると傷口は塞がり、傷跡も徐々に消えていく。

「う、うーん……」トネリーが目を開けてゆっくり上体を起こした。

「おー、皆おるんか。どうしたんじゃ？」

「トネリー、良かった！　助かった！」ミルキーがトネリーに飛びついた。

「そうか、儂は黒い魔法使いに刺されたんじゃったな」トネリーは優しくミルキーの頭を撫でた。

「ナパティが魔法で傷を治してくれたんだ」ヒカルが言った。

「すまんのう」

ナパティは安堵してにっこり微笑んだ。

「また会えて良かったわ」リサが笑顔を向けた。

「リサ？　リサか！　良かった。ダーク・キャスルから救出されたんじゃな」トネリーは目いっぱいの笑顔をリサに向けた。

「リサ、お帰り。無事で良かった」シュガーのホッとした笑顔が広がった。

「リサ、久しぶりにまた会えてあたいも嬉しいわ」

「ミルキーも元気そうで何よりだわ」リサは再び戸惑った。皆が懐かしんでくれるのは嬉しいけど、あたしにしてみればさっき別れたばかりだわ……

トネリーがゆっくり起き上がってローブの埃を叩く。

「おやおや、ローブが裂けておる。一張羅が台無しじゃ」

ナパティにはもう一つ仕事があった。目覚めの滝の池の上まで舞い戻り、上空から魔法の杖を振って金色の粉を池の水面に振りかける。水面が黄金に輝き次々と鳥が水飛沫を上げて飛びだして空中に舞う。周囲の木の枝に止まって心配そうにしていた鳥たちも一斉に飛び立って合流し、無事を喜びあってか賑やかに種々雑多な鳴き声を交わして滝の上に散っていく。

「ナパティ、鳥たちを助けてくれてありがとう」

「幸いにも戦いが池の上だったので、石に変えられた鳥たちは割れないで皆無事だったようね」

安堵の表情をシュガーに向けた。

「俺はシュガーとミルキーを見直したよ。鳥を呼んで黒い魔法使いの攻撃を防ぐとはたいしたものだ」

ミルキーが胸を張る。「あたい等をなめたらいかんのよね」

14

皆は仙女の小屋に戻って赤レンガの暖炉を囲んだ。夕闇迫る時刻となり外は冷気が漂いはじめていたが、リビングは暖かく心地よかった。クリーンは体を二メートル程に縮めて蜷局をまき、微かに心地よさそうな寝息を立てている。

「ところでリサの故郷はどこなの?」

「天の川銀河の最外郭に渦巻く渦状腕（渦巻銀河の渦の部分）の真ん中あたりにある惑星系で、内側から三番目の惑星イオノスに属してるの。イオノスには十五の衛星が周回していて七番目の衛星ダイノスがあたしの故郷の星よ」

「ハッスルから聞いたんだけどダイノスの文明が危ういの？」

「そうなの。国家主義が台頭して過去に三回世界大戦があったの。そして今第四次世界大戦が現実になるかもしれない。今度大戦が勃発すれば確実に核戦争となり、ダイノスは死の星になってしまうわ」

「それを防ぐためにリサが選ばれたの？」

「そういう遺伝子があたしに受け継がれてるんですって」

「でも、こう言っては何だけど、君一人の力で戦争を防げるとは思えないけど？」

「あたしもそう思う。でもあたしには邪悪なマイナス・エネルギーを中和する中和エネルギーをため込む能力があるんですって」

「どういうこと？」

「中和エネルギーをため込んで故郷の星に帰ると、中和エネルギーが拡散して邪悪なエネルギーが中和されるの。戦争は大抵の場合一握りの独裁者から始まるそうよ。独裁者の邪悪さは悪い神、つまり黒い魔法使いたちの介入によって受け継がれたマイナス・エネルギーなの。邪悪なエネルギーが中和されてプラス・エネルギーが優位に立って独裁者に理性が戻れば、戦争は回避されるの」

「中和エネルギーをため込むって？」

「詳しくは知らないけど、虫喰の森で訓練して潜在能力を目覚めさせ高める必要があるらしいわ。天の川銀河から降注いでくる邪悪なエネルギーを中和エネルギーに変換して体内にため込む能力があたしにあるらしいの」

ラッキーが割り込んだ。「それで分かった。リサは虫喰の森にきてから何度となくゼナーゼに襲われたが、戦う度に強く逞しくなっていった。それは目を見張る進歩だった。訓練を積まなくてもリサの潜在能力が目覚め高まっていったのだ。ゼナーゼはマイナス・エネルギーの塊みたいなものだ。銀河から降注ぐエネルギーより遥かに強い。リサが戦いでゼナーゼを倒す度に中和エネルギーをため込んでいったのだ。だから訓練をしなくても故郷の星に帰れるはずだった」

「リサのことは分かったけど、僕はどうなんだろう？」

「ヒカルもリサと同じような使命で虫喰の森の長老から選ばれたんじゃろう。虫喰の森に彷徨いこんで早々ゼナーゼに襲われたのが何よりの証拠じゃよ。リサが勇者の剣を授かったように、ヒカルも希望の剣を授かっておるし」

シュガーが疑問を投げかけた。「リサは記憶のアドレスがダークによって書き換えられていたから、虫喰の森に来る前から情報が漏れていたのは分かるけど、ヒカルはなぜダークに知られたのかしら？」

ナパティが返した。「うーん、分からないわね。でも希望の谷では黒い魔女と黒い魔法使いに先手を打たれたけど、ダーク・キャスルでは奇襲作戦が成功したわね。つまり情報は漏れていなかったわ」

サリーンが心配そうに言った。「情報漏れが希望の谷まであればよいがのう」


翌朝、早起きしたヒカルは外に出て小川に架かる橋を渡った。外気は冷たかったが寒さは気にならず、反って清々しくさえ感じられた。乳白色の霧が足元を這い野草は結露で濡れていた。目を凝らすと目覚めの滝の池の畔に霧に霞んで薄っすら人影が見える。リサだった。近づいて滝の音に負けじと声を張り上げた。

「リサ、おはよう！」

「えっ！　ああヒカル、おはよう、早起きね。眠れなかったの？」

「いや、君こそ少し目が赤いよ」

「故郷のことを考えていたら頭が冴えちゃって殆ど眠れなかったの」

「三年も眠っていたって聞かされたから？」

「虫喰の森に来て三年も経ってたなんて凄いショックだわ」

「分かるよ。三年も行方不明だと家族のことも友だちのことも凄く心配だよね」

「ここでは三年だけどダイノスではどれくらい時が過ぎたのかしら。友だちは幾つになってるんだろう。パパやママは十四歳のままのあたしを見たらどう思うかしら。でも会いたいな。パパもママもの凄く心配してるよね……」

リサの感情が高まって涙声になったのでヒカルは慌てて話題を変えた。

「きみのパパは何をしてる人なの？」

「科学アカデミーの教授で物理学者なの。ママも学者でお医者さんよ」

「学者一家なんだ。で、兄弟は？」

「あたしひとり。パパとママは晩婚なのよ。恋愛より研究優先だったみたいね」

「そうなんだ」


いつしか霧は消え黄緑色の柔らかな光が優しく森を包んでいた。

「ヒカル、見て、目覚めの滝に虹が架かったわ！」

「本当だ、でも可笑しいよ。虹がでるような状況とは思えないけど」

「確かに変ね。それにどんどん鮮やかになっていくわ。あっ、あれは何？」

虹の架け橋の中程の上空が紙を切るように裂け、銀色のドレスを纏った愛くるしい少女が蝶のような羽を広げて飛びだして虹の橋に下り立った。先が湾曲した銀色のとんがり帽子と長い銀髪の間から長めの耳が覗いている。ヒカルとリサに笑顔を向けて話はじめた。鈴を転がすような美しい音色でゴーゴーと流れる滝の音にも負けず鮮明に聞こえてくるが、話しかたは大人びていた。

「私はマリーナ、モノリスの使いできました。西の森の天空の森に行ってヒカルは金の矢を、リサは銀の矢を手に入れてください。黒い魔法使いたちとの戦いに必要になります。矢はファントム・ピラミッドにあります。天空の森は虫喰の森とは域外になり、ニュウトランという一族が住んでいます」

少女は一旦言葉を切って右手を開く。なかから直径三センチ程の薄花色の水晶玉が現れ、少女の手を離れてゆっくり空中を浮遊してヒカルの手元に届いた。

「次元珠です。ナパティに魔法を掛けてもらうと目的地までの道が開きます」

少女は「幸運を祈ります」と言って向こうの世界に帰っていった。

「ヒカルう、リサあー」

二人が我に返って振り返ると、ハッスルが橋を渡ってやってきた。

「おはよう。これからどうするか皆で話しあうために呼びにきたのだ。私は次の旅の手掛かりはこの目覚めの滝にあると思うのだが?」

「おはよう、ハッスル。今モノリスの使いが目覚めの滝に現れて、僕たち二人に次の旅のメッセージを伝えてくれたんだ」

「本当か！」

「本当よ。次の行く先は西の森にある天空の森だって」

「天空の森だって！」ハッスルは思わず声を高めた。

「何か問題でも？」

「いや、とにかく小屋に戻ろう。皆が待っている」


仙女の小屋でヒカルはモノリスのメッセージを皆に伝えた。

「ふむう、天空の森とは厄介じゃな」トネリーが嘆息した。

「どう厄介なの？」リサが心配顔で聞いた。

「天空の森は、西の森の荒涼地帯の上空に浮かぶ周囲二百キロ程の島じゃよ。虫喰の森の域外にあって、虫喰の森の住民は立入ることが出来んのじゃ」

「どうして行けないの？」

「それはねヒカル、虫喰の森の住民は動物も植物も含めてすべてプラス・エネルギーなの。ところが天空の森は虫喰の森のなかでは唯一中和エネルギーの世界なの。だから域外なのね。あたいたちは天空の森には行けないのよ」

「僕やリサは行けるけど他の皆は行けないということ？」

「そうなのよね。二人は天の川銀河の星から来たプラス・エネルギーとマイナス・エネルギーのハイブリッドなので、天空の森に立入ることができるわ」

「荒涼地帯までは一緒に行けるが、天空の森にはヒカルとリサの二人で行くしかないんじゃ。それに儂たちは、天空の森についてはニュウトランという一族のことやファントム・ピラミッドも含めて何も知らんのじゃよ」

「分かったよ、トネリー。だけど僕は天空の森に行くよ」ヒカルが力強く言った。

「あたしたちに選択の余地はないわ。ファントム・ピラミッドに行って金の矢と銀の矢を手に入れてくる」リサも覚悟を決めた。

「分かった。モノリスのメッセージに従って行動を開始しよう。なーに、大丈夫だよ。今までだって、それは確かにいろいろあったが結果オーライだった。今度もきっとうまくいくさ」

ラッキーの勇気づけは、自分への不安を払拭したいという思いでもあった。

第四章　西の森

15

皆は再び目覚めの滝の池の畔にやってきた。

「これがモノリスの使いがくれた次元珠だよ」

「私に魔法を掛けてもらうようにモノリスの使いが言ったのね」

「うん、そうすれば目的地までの道が開けると言ってたけど」

「次元珠って見るのも初めてだわ」

「え、そうなの！」ヒカルは唖然とした。

「とにかく魔法を掛けてみましょう」

次元珠を叢の上に置いて魔法の杖の先から金色の粉を振りかけ『荒涼地帯』と念じる。次元珠が緑色の霧になって地面に広がり、渦を巻いて輝きだした。

「良かった、うまく行ったみたいよ」

「よし、俺から行こう」ラッキーはサリーンとローリンに別れの挨拶をすると渦のなかに飛び込んだ。ヒカルたちも後に続く。

「リサの救出ではいろいろ世話になった。ありがとう」

サリーンが返す。「なんの、なんの、お陰で久しぶりに血湧き肉躍ったぞ」

「次はいつ頃こちらに来る予定なんじゃ？」ローリンが尋ねた。

「ゴーリキの族長就任七十周年記念式典が二十二年後にあるはずだ。そのときはラッキーも誘ってお邪魔するよ」

「楽しみに待っておるぞ」

ハッスルは今一度二人に礼を言って渦のなかに飛びこんでいった。


次元珠で運ばれたのは樹木が少なく大きな岩が露出した山の頂だった。視界は開け眼下には樹海が広がっていた。

ナパティが首を傾げる。「荒涼地帯と念じて魔法を掛けたのだけど、周りは見渡す限り森だらけでそれらしいものは見当たらないわね」

「でも、ほら、遠くに薄っすら浮かんでるのが天空の森じゃないかしら」

ミルキーの言うように雲一つない空に確かにそれらしいものが浮かんでいる。早速クリーンがドラゴン・エクスプレスのサーバーにアクセスする。

「分かりました。今私たちがいる山は標高千百二十八メートルの西奇山です。西の森にあって頂上付近に奇岩が多いのでそう呼ばれているようです。勇気の山の最高峰、水晶岳の頂上から北北西に五十一万八千二百七十七キロの距離にあります。ミルキーが見つけた雲のようなものは、方角からいっても天空の森に間違いありません。ここから四十五キロ程の距離です」

ナパティが再び首を傾げた。「次元珠はなぜ荒涼地帯ではなく四十五キロも離れた山の上に私たちを送ったのかしら?」

「嫌な予感がするな。くれぐれも注意して荒涼地帯に向かおう」

ラッキーの言葉で皆は気を引き締める。

「私が先導するわ」感覚器官の優れているシュガーが名乗りを上げた。

シュガーを先頭に森の樹冠すれすれを低空飛行しながら荒涼地帯を目指す。辺りは常緑広葉樹と針葉樹が多く鬱蒼としていて、目立たないように飛行するには都合がよかった。標高数百から千メートル程の山の連なりが彼方此方に見られ、多くは頂上まで樹木が生い茂っている。

荒涼地帯まで残り十キロ程に近づいた辺りでシュガーが速度を落としはじめた。「微かに邪悪な気配が漂ってきたわ」

注意深くさらに五キロ程進んだところで樹冠を縫って池が見えてきた。

「あそこで一休みしましょう」

シュガーは池の畔の草原に下り立つ。周囲二キロ程の小さな池で、草原の周りはツツジの仲間やコデマリ、サンシュユ等春の落葉低木が花を咲かせている。

「荒涼地帯に近づくに連れてどんどん邪悪な気配が強くなっていくわ」

「俺にも微かに感じられる。どうやら荒涼地帯に黒い魔法使いたちが先回りしているようだ」

ラッキーの表情も険しくなる。

ナパティも表情を硬くした。「荒涼地帯に送られていたら大変だったわ」

「次元珠には危険を回避する安全装置が備わっておるのかもしれん」

「それにしても、あたいたちの行く先がどうして敵に知られたのかしら？」

「気になるがそれをここで詮索してもしょうがない。今は敵の待ち伏せを覚悟のうえで荒涼地帯まで行き、ヒカルとリサに天空の森に渡ってもらわなければならない」

「それでどうする、ラッキー？」

おいおい今度は俺に聞くか。急に振られてラッキーは一瞬戸惑った。

「作戦は……まず敵に気づかれずに森の外れまで行く。クリーンは体を大きくすれば目立つし飛ぶのが速いから敵を誘いだしてくれ。続いてハッスルがナパティを連れてクリーンが誘いだした敵を引きつけておく。その隙に俺はヒカルとリサを天空の森近くの荒涼地帯まで運ぶ。俺たちが敵を引きつけている間に二人は天空の森に渡る。何か質問はあるか？」

「あたいやシュガー、トネリーはどうするの？」

「戦いは俺たちに任せて三人はここで待機していてくれ」

ナパティはサファイアのペンダントをトネリーに渡した。「トネリーにはちょっと似合わないかもしれないけど、ラッキーにも渡してある私との交信機です。目覚めの滝でのことがあったのでもっと早く渡しておけばよかったわ」

「それじゃあ作戦開始だ」

ラッキーの旗振りで皆は再び樹冠すれすれの低空飛行で荒涼地帯を目指した。

トネリーは真剣な眼差しをミルキーに向けた。

「おまえさんを見込んで折入って頼みがあるんじゃが」


森の端に着いた一行は樹冠から荒涼地帯の様子を覗う。天空の森はまだかなり遠いところに浮かんでいた。

「天空の森の端近くまでは五キロはありそうだな。残念ながら台地は見渡す限りガレ場続きで、途中で身を隠せるような場所はなさそうだ。クリーン、天空の森の端近くのガレ場までどれくらいで行ける？」

「ほんの二十秒程で行けます」

ラッキーは決断した。「作戦開始だ。クリーン、派手に敵を引きつけてくれ」

「了解です」

クリーンは樹冠から空に舞い上がり、体を三十メートルに巨大化して大きな唸り声を上げると猛スピードで天空の森を目指した。

ウオオオオオオ……

クリーンが飛び立つと一呼吸置いて天空の森近くのガレ場からゼナーゼ（黒い悪魔と黒い野獣）が次々と姿を現し、数十匹の群れとなって大空に舞い上がり猛スピードでクリーンに向かってきた。空はたちまち暗雲が広がり雨交じりの強風が吹き荒れ、稲妻が走り、雷鳴が轟く。

「ナパティ、用意はいいか」ハッスルが戦士に変身する。

ナパティが体を縮めてハッスルの頭に潜り込むと、テレポーテーションでクリーン目掛けて向かってくるゼナーゼの群れのなかに移動する。クリーンが先頭の何匹かの黒い悪魔を強靭な長い尾を振って蹴散らすと、タイミングよく群の真只中にハッスルが現れ、剣を振って数匹の黒い悪魔と黒い狼を薙ぎ倒す。ナパティが飛びだして元の大きさに戻り、周りの黒い悪魔に凄まじい衝撃波を浴びせる。数十匹の群れはたちまち統率を失い混乱状態となった。

「よし、今だ。ヒカル、リサ、行くぞ！」

ラッキーも戦士に変身し二人を抱えて天空の森近くのガレ場に瞬間移動する。

「俺たちがゼナーゼの群れを引き離している間に天空の森に渡れ」

――間髪を入れず近くのガレ場から黒い魔法使いと黒い魔女が新たに数十匹のゼナーゼを引き連れて現れ、空に舞い上がってくる。

「まずい！　黒い魔法使いたちはこっちだ。敵は俺が引きつけるから隙を見て天空の森に駆け上がれ」ラッキーはゼナーゼの群れに突っ込んでいった。

透かさずヒカルとリサも剣と盾を携えて舞い上がる。

ラッキーは剣で数匹の黒い悪魔を薙ぎ倒すと、一目散に黒い魔法使いに突進して剣を突き上げる。魔法使いが体を躱した隙に上空に回り込み、後方宙返りで半回転して魔法使い目掛けて剣を打ち下ろす。魔法使いは辛うじてラッキーの剣を躱すと、ラッキーには見向きもせずヒカル目掛けて突進していった。ラッキーの周りにはゼナーゼが押し寄せ行く手を阻む。

黒い魔法使いは黄色い光線を放ってヒカルを襲う。肩を掠ったが石にはならなかった。黒の魔力を弱める魔法を掛けられていることを知らなかったようだ。一瞬の怯みを逃さず突進したヒカルは剣を大上段に構えて振り下ろす。魔法使いは寸でのところで杖で払って躱し、反転しながら剣に変えてヒカルの胴を払う。体を水平に捻って紙一重で剣を躱したヒカルは再び魔法使いの上に回る。そこに黒い悪魔が大鎌を振り上げて襲ってきた。ヒカルは盾で辛うじて躱し剣で悪魔の胴をなぐる。続いて頭上から黒い狼が牙を剝いて飛びかかってくる。寸でのところで牙を躱し、剣を横に振って狼の頭を飛ばした。透かさず黒い魔法使いが深紅のマイナス・エネルギー波を放つ。

黒い魔女は迷わずリサに向かって突進しながら深紅のマイナス・エネルギー波を浴びせる。二匹の黒い悪魔を剣で薙ぎ倒したところで魔女の動きを察知したリサは、間髪を入れず次に向かってきた黒いハイエナの牙を躱し、盾を振ってハイエナを叩くと、魔女が放ったエネルギー波の前にハイエナを蹴りだす。エネルギー波に貫かれたハイエナは悲鳴を上げてガレ場に落下していく。ハイエナが黒い魔女の死角になった一瞬の隙を衝いて、リサは空高く舞い上がり反転急降下して魔女に迫る。魔女が再びリサを目にしたとき、まさにリサが大上段から剣を振り下ろすところだった。魔女はとんがり帽子を切り飛ばされたが、反転して杖を横殴りに振ってリサの胴を狙う。胴を掠っただけだが衝撃は凄まじくリサは一瞬気を失いそうになる。しかし眠りの魔法を掛けられた黒い魔女に対する怒りが勝り、直ぐに正気を取戻して魔女と対峙する。魔女も杖を剣に変えてリサの隙を窺う。魔女の周りには数匹のゼナーゼが集まってきた。

ハッスルは黒い悪魔や黒い野獣を剣で薙ぎ倒しながらナパティに大声を張り上げる。「ナパティ、図られた！　こっちは囮だ！」

ナパティは天色のプラス・エネルギー波で黒い悪魔や黒い野獣を貫きながら素早くハッスルの元へ戻る。ハッスルはナパティの手を取って瞬間移動する。

クリーンも一旦ゼナーゼの群れの上に出ると、反転して敵の本隊に向かって猛スピードで飛翔していく。ゼナーゼの残党も瞬間移動で本隊に合流する。

ハッスルとナパティはリサと黒い魔女が対峙する真只中に瞬間移動した。

「また会ったわね、黒いおばさん。今度は容赦しないわよ」

ナパティは凄まじい衝撃波を黒い魔女と周囲のゼナーゼに浴びせる。

魔女とゼナーゼは衝撃で百メートル以上飛ばされていった。

ハッスルは透かさずヒカルの加勢に回る。テレポーテーションでヒカルの傍まで行き、ヒカル目掛けて放たれた黒い魔法使いの深紅のマイナス・エネルギー波を盾ではね返す。魔法使いは辛うじて躱したが、はね返されたエネルギー波は魔法使いの後方にいた黒い悪魔を直撃した。

周囲にはまだ十数匹のゼナーゼが行く手を阻んでいた。ラッキーはヒカルやリサの加勢に向かえず次第に焦りが募ってくる。そこに新たに瞬間移動で戻ってきた数十匹の囮部隊が加わった。剣を振って黒い悪魔や黒い野獣を次々薙ぎ倒すが、流石に精神的にも肉体的にも疲れが見えはじめる。

そこにクリーンが到着し、強靭な尾を振り回して黒い悪魔や黒い野獣を次々に蹴散らしていく。

「ラッキー、大丈夫ですかあー!」

「クリーン、来てくれたか。ヒカルやリサはどうなっている⁉」

「ハッスルとナパティがテレポーテーションして加勢に行きましたよー！」

ラッキーは少し安堵したがまだ五十匹近くいるゼナーゼに対して力の限界を感じはじめていた。

そのとき、目の端に忽然と現れた小型の宇宙船を捉えた。素早く動きながら強力な電子ビームを放って次々とゼナーゼを打ち落としていく。

ハッスルの首に掛かっているサファイアのペンダントが光りだした。

〈ラッキー、間に合ったようじゃな〉

〈トネリー、おまえか！　おまえが宇宙船を造ったのか⁉〉

〈ミルキーの知識で設計図を作製してもらい、儂が異次元スリー・ディ・プリンターで建造した。シュガーとミルキーも乗っておる〉

〈宇宙船を操縦できるのか？〉

〈何を寝ぼけておる。操縦できなきゃ加勢に来れまい〉

〈○△□＊×……〉

〈トネリー、話は聞いたわ〉

〈ナパティ、無事でよかった。ヒカルやリサは？〉

〈大丈夫よ。リサは一緒にいるし、ヒカルにはハッスルが加勢しているわ〉

〈分かった。こちらを蹴散らしたら直ぐに向かう。ラッキー、ミルキーの知識をしてもプラス・エネルギー波は特殊なので作れん。電子ビームでゼナーゼを落とすことは出来ても倒すことはできん〉

〈それで十分だ。助かる〉

宇宙戦の左右にある銃座にはそれぞれ鳥人間に姿を変えたシュガーとミルキーが陣取り、ゼナーゼ目掛けて電子ビームを放っていた。

ミルキーの目の前に黒い悪魔が恐ろしい形相で迫った。ミルキーは透かさず電子ビームの発射ボタンを押す。狙いたがわず頭を打ち抜き、黒い悪魔はギャアと一声上げて落ちていった。

「やったわ！」

シュガーの目先を二匹の黒い狼が猛スピードで横切りラッキーの背後に迫っていく。狙いを定めて次々発射ボタンを押すと、電子ビームは二匹の黒い狼を直撃した。シュガーはにやりと笑う。私の腕もまんざらじゃないわね……

気配を感じたラッキーは透かさず反転して剣を振るい、電子ビームで動きの鈍った二匹の黒い狼の目を切り裂いて消滅させた。ラッキーが微笑んで右手の親指を立てる。シュガーもVサインで返した。

宇宙船という思わぬ味方の加勢を得てラッキーもクリーンも戦いに余裕が出てきた。ヒカルとリサが無事だという朗報も二人の勢いに拍車をかけ、ゼナーゼを次々に倒して一気に形勢は逆転する。

大勢を見極めたトネリーはヒカルやリサの加勢に舵を切った。

リサとナパティはゼナーゼの攻撃を躱しながら黒い魔女との攻防を続けていた。ゼナーゼの残りは五匹だが、思いのほか連携が取れ戦いは一進一退となっていた。そこにトネリーの宇宙船が駆けつける。宇宙船を横目で捉えた黒い魔女は、透かさず深紅のマイナス・エネルギー波を放つ。防御シールドを張っていた宇宙船はエネルギー波を弾き返すと一旦急上昇し、反転降下して攻撃体勢に入り電子ビームの集中砲火を浴びせる。ゼナーゼは散り散りになって落ちていったが、魔女に電子ビームは効かなかった。透かさずナパティが衝撃波を浴びせる。攻撃を予期していた魔女は素早く真上に舞い上がって衝撃波を躱すと、マイナス・エネルギー波をリサに向けて照射する。あくまでもリサが狙いのようだ。リサは魔女のエネルギー波を盾ではね返し、はね返ったエネルギー波は只一匹電子ビームの攻撃を逃れた黒い悪魔を直撃した。魔女は黒い剣に変えてリサに突進し、大上段に構えてリサに振り下ろす。盾で剣を躱したリサは反転して魔女の上に回る。そこにナパティが下から突っ込み、剣を振って逆袈裟に切り上げる。魔女は素早く体を捻り辛うじてナパティの剣を躱す。魔女が態勢を立て直したとき、リサとナパティは上空で戦闘体勢を整えていた。

ヒカルとハッスルも黒い魔法使いと激しい攻防を続けていた。七匹のゼナーゼが連携プレイで二人を牽制し、そこに魔法使いが執拗な攻撃を仕掛けるので息つく暇もなく、次第にヒカルたちの形勢が不利になりつつあった。

トネリーの宇宙船は素早く反転上昇し、ヒカルたちの上空から攻撃体勢に入り電子ビームの集中砲火を浴びせる。ゼナーゼは散り散りになってガレ場に落ちていく。魔法使いは電子ビームをびくともせず宇宙船に向かってマイナス・エネルギー波を放ったが、発射寸前、ヒカルの剣から放たれた金色の光線が魔法使いを襲う。魔法使いは辛くも光線を躱したが、エネルギー波は宇宙船を大きく外した。魔法使いが再び攻撃態勢に入ったとき、ハッスルはすでに魔法使いの上に迫り剣を大上段から振り下ろした。魔法使いは辛うじて黒い杖で剣を受けたが、間髪を入れずハッスルの盾が頭を強打する。魔法使いは一瞬怯んだが直ぐに態勢を立て直して杖を剣に変え、下にいたヒカル目掛けて猛スピードで突進していく。ヒカルも下から魔法使いに突進し、すれ違いざま体を捻って鋭い突きを盾で躱し逆袈裟に剣を振り上げる。魔法使いが態勢を立て直したとき、ヒカルとハッスルはリサやナパティと合流し上空で戦闘体勢を整えていた。横にはトネリーの宇宙船が浮かんでいる。黒い魔女と黒い魔法使いは目を血走らせた恐ろしい形相で四人を睨み上げる。黒い魔法使いの肩からは黒い血が流れていた。

「勝負あったな」ハッスルが言った。

黒い魔法使いと魔女はテレポーテーションで姿を消した。天候は回復し柔らかな光が戻ってくる。遥か上空には天空の森が浮かんでいた。

宇宙船の後方にある昇降口が開きトネリーが降りてくると、ラッキーが満面の笑みを浮かべて近づく。

「ありがとう。お陰で助かった」

「皆が必死に戦っておるのに勇気の山に続いてまたまた待機とは性に合わん。多少とも手助けができてホッとしておる。礼なら儂よりミルキーに言ってくれ。儂は只ミルキーの設計図どおりに船を造っただけじゃ」

シュガーとミルキーも宇宙船を降りてくる。

「この宇宙船、センスがいいわね」

ナパティに続いてリサも絶賛した。「凄くクールだわ」

「宇宙船の設計は初めての経験なのよね。実は時間がなかったから天の川銀河のとある文明からパクったの。特許侵害になるかもね」ミルキーは茶目っ気たっぷりに舌をだして続ける。「トネリーから頼まれたときは戸惑ったけど、やればできるもんね。ちょっぴり自信もついちゃった」

「トネリーの操縦も凄かったわ。とても無免許運転とは思えなかった」シュガーの言に皆笑った。

一息ついたところでラッキーが言った。「ヒカルとリサの天空の森行きを阻む脅威はひとまず消えた。黒い魔法使いたちがあれだけ必要に二人を狙ったことからも、金の矢と銀の矢が如何に彼らの脅威となるかは想像に難くない」

「ここでの皆の援護は無駄にしないよ。必ず金と銀の矢を手に入れてくる」

「黒い魔女をやっつける為にも必ず成功させるわ」リサは相変わらず眠りの魔法を掛けられた黒い魔女に拘っているようだ。

「これ一つしか残っていないけど」ナパティはサファイアのペンダントをヒカルに渡し使い方を説明した。

「それじゃあ再び敵が襲ってこないうちに行くよ」

二人は皆から激励を受けて天空の森の南の端を目指して空に舞い上がった。

ヒカルとリサへの心配を払拭するかのようにラッキーがおどけて言った。

「さあトネリー艦長、自慢の宇宙船内を案内してくれ」

16

千四百メートル程上昇した辺りで二人は空気が入れ替わったような違和感と短い一過性の眩暈に襲われた。

天空の森を見上げると、二百メートルはありそうな断崖が続いて草木が密生し、目を凝らすと赤や黄色、白等の花の叢生も散見される。所々で岩が露出して多くは苔で覆われていた。崖の中途から滝が勢いよく流れ落ちている。滝の流れを追って下を向いた途端、ヒカルは異変に気づいた。

「あれ、リサ、何か変だよ。下をみてごらん」

眼下には在るべきはずの荒涼地帯もそれを囲む遠くの森も消え、無限とも思える空間が広がっていた。天空の森から流れ落ちる滝や森の底から長い根を伝って滴り落ちる水滴は、やがて空中で霧になって無限の空間に消えていく。

リサは意外と冷静で事も無げに言ってのけた。「少し前ヒカルも眩暈に襲われたわよね。あのとき虫喰の森を出て天空の森に入ったのよ。世界が変わったので気圧の変化か何かで眩暈がしたんだわ」

二人は滝の流れ落ちる崖を舞い上がっていった。滝の幅は十五メートル程で、水量が多くゴーゴーと音を立てて流れ落ちている。

「天空の森にはきたけどこれからどう行けばいいのかしら？」

「崖の上まではまだ四、五十メートルはありそうだね。崖を越えて森の上に出るか、滝口から谷川に沿って森に分け入るかだよね」

「モノリスの使いが天空の森にはニュウトランが住んでるって言ってたわね。どんな種族か分からない以上、森の上を飛んで見つかる危険を冒すより谷川を遡って森に入ったほうがいいんじゃない」

リサの提案を受けて二人は谷川を遡る。澄みきった水を湛えて流れ落ちる小さな滝が続きどんどん標高を上げていく。両側の崖は草木が繁茂していた。

「この森何だかおかしくない？」リサが首を傾げた。

崖は低木が多かったが赤や黄色、紫等の花が咲き誇っている木もあれば、橙色や黄色に熟した実や花が散ったばかりの木もある。同種と思われる落葉樹なのに、若葉が芽吹いたばかりの木もあれば青々と葉を茂らせた木もあり、なかには紅葉が始まった木も散見される。木に絡まった蔓も、新芽が芽吹いたばかりのものから赤や紫の実を成らしたものまで様々だ。

「確かに変だね。季節がないみたい。まるで春から秋が同居してるようだ」

「冬もよ。ほら、あの落葉樹は幹がしっかりしてるでしょ。葉が落ちて冬眠に入ってるのよ……」

一息ついてリサは目を輝かせて言葉を継いだ。「素晴らしいところだわ。谷は明るいし、空気は澄んで暖かいし、谷川の流れは微かに心地よい風を運んでくるわ。それに物凄く生き物の活気に溢れてる」

リサの言う通り、植物だけでなくあちらこちらから鳥の囀りが聞こえ蝶やトンボが飛び交っていた。梢の葉陰からリスが顔を覗かせ、木陰から小鹿が谷川の上を飛ぶ二人を不思議そうに眺めている。谷川に目を凝らすと、稚魚が塊になって群れを成して泳ぎマスの仲間や大きなサンショウウオらしき姿も水面に揺れていた。苔むした岩の上では、体長三十センチはありそうなカワセミが獲物を探してじっと水面を凝視している。隣の岩ではカエルがトンボを狙っていた。

四十分程谷川を遡ると行く手に落差二十メートル程の滝が見えてきた。滝の上から青く澄んだ明るい空が覗いている。どうやら谷も終わりのようだ。滝壺の手前の淀みに大きな岩が水面から顔をだしていた。

「岩の上に何かいるわ？」

確かに大きな白いものが見える。近づいて目を凝らすと鳥らしきものが苔むした岩の上に止まって、谷川を遡ってくるヒカルとリサをじっと見つめていた。

ヒカルは吃驚したが、思わず口からでた言葉は囁くように小さかった。

「大きな鷺だよ。真っ白だ。でも体が半透明だよ」

リサも息を呑んで頷く。

鷺はゆっくり羽ばたいて空に舞い上がった。翼を広げると四メートルは優にありそうだ。しなやかに反転して滝を越え空の彼方に消えていった。

「あれは何だったの？……」ヒカルも首を傾げるばかりだった。


二人が滝口に舞い上がると、滝を落としている川が緩やかに蛇行しながら周囲が開けたなだらかな森の奥から流れていた。川沿いには色とりどりの草花が咲き乱れ、蝶や蜂、花を好む甲虫の仲間が舞っている。草原を疎らに低木が囲み、更にその周りを亜高木や高木の森が続いている。落葉樹、照葉樹、針葉樹の混生の森でここでも季節感はなく春、夏、秋、冬が同居していた。

二人が叢に下り立つと、驚いたバッタやキリギリスの仲間が飛び跳ねたが、直ぐに何匹かが寄ってきて二人の頭や肩に飛び乗ってくる。二人は天空の森の生物多様性に富んだ素晴らしい自然環境に目をみはり、無意識のうちに自然とそこに溶け込むように川に沿って遡りながら散策をはじめた。森は二人を歓迎するように爽やかな風が吹き抜けており、ヒカルもリサも自然と心が和んだ。ヒバリがリサの頭や肩に留まってチッチチッチッと囀っている。ヒカルが立ち止まって花に集まってくるヒョウモンチョウやシジミチョウの仲間を眺めていると、いつの間にかシマリスがヒカルの足元に寄ってきて靴を齧っていた。

「天空の森って素晴らしいところね」

「うん、植物も動物も伸び伸び生きてるようだ」

「そうなの、生き生きしてるのよ。それに凄く馴れ馴れしいわ。さっき谷川を遡っていたときカワセミが魚を狙っていたし、カエルもトンボを捕まえようとしていたからここも弱肉強食の世界なんだろうけど……何となく感じるのよ。あたしの住んでいる星とは違うって」

「どう違うの？」

「あたしの住む星では文明が急速な発展を続けているけど、裏では高い代償が払われてるわ。自然破壊が急速に進んで生物の生息環境は悪化の一途を辿り、多くの種が絶滅するか絶滅危惧に追い込まれてるの。有史以来最大となる種の大量絶滅が起きてると言われてるわ。文明の発展と引き換えに生き物の住みにくい星にしてるのよ。ダイノスに生息する植物や動物は本能的にそれが分かってダイノス人を物凄く恐れてる。あたしには何となくそれが読み取れるの。でも天空の森の植物や動物からはそんな恐れがまったく感じられないわ」

「リサは植物や動物の気持ちが分るの？　特別な遺伝子を受け継いでるから？」

「そうかもしれない。ヒカルは感じない？」

「確かに、ここの植物や動物を見てると天空の森が物凄く平和に感じられる」

「それよ。その感覚がヒカルも特別な遺伝子を受け継いでる証拠よ」

二人は再び空中に舞い上がって川を遡りはじめた。間もなく両脇の草原が狭まり、川は森のなかを緩やかに蛇行しながら続いていた。ブナ科の照葉樹や落葉広葉樹の幹から樹液が流れ、カブトムシやクワガタの仲間が集まっている。タテハチョウやスズメバチの仲間も観察される。キツツキの仲間が軽快な音を立てて大樹の幹に穴を空け、洞からリスやイタチの仲間が顔を覗かせ二人に親気な目を向けていた。林床のそこかしこにスミレ、キク、ユリ、ラン科等多種多様な野草が花を咲かせツツジ、バラやアカネ科等の樹木の赤や黄色、白等の花々も森に彩を添えている。アゲハチョウやスズメガ、ハナムグリの仲間や数種のハチドリが花々の間を飛び交って蜜を吸っている。チョウやトンボ、コガネムシやシジュウカラの仲間等多様な虫や鳥たちが川の上を飛ぶ二人の周りに代わる代わるやってきて、慣れ慣れしく頭や背中に止まり肩を突くものもいた。

森の先は再び草原が広がりまた森に入るといった繰返しが三度程続き、四度目の草原は森を抜けて広がり、その先に青々とした湖が望め波打ち際が白く輝いている。草原は一面の花畑で、シラカバ等のカバノキ科、ツツジ、バラ科等の樹木が単独或いは数本から十本程度の林を形成して疎らに生えている。ここでも四季が同居していた。湖の向こうには薄っすらと山の稜線が見えている。

ヒカルとリサは湖の畔の草地に下り立った。

「かなり森の奥深くに入ってきたと思うけど、ピラミッドはおろかそもそも人工物らしいものは何もないわね」

「天空の森自体が手つかずの自然という感じだね」ヒカルも少し不安になった。

「幻のピラミッドというだけあって簡単には見つからないのかなあ」

「それじゃあ困るわよ。何とか手掛かりを探さなくちゃ」

手掛かりは空から舞い込んできた。ちゃっかりリサの肩に留まって羽を休めていたセキレイが、唐突にチチチチと囀って空に舞い上がった。何事かとリサがセキレイの後を追って上空に目を向けると、その先に何かを見つけて叫んだ。

「ヒカル、空を見て！」

「あれってさっき谷川の滝の下にいた大鷲じゃない？」

大鷲は緩やかに旋回しながら徐々に高度を下げてヒカルとリサの前に下り立つと、半透明のまま真っ白なフードつきローブを纏った人の姿に変身した。身長二メートル位だろうか。フードから垣間見える顔は鼻筋が通って精悍で髭は生やしていない。青く澄んだ目が穏やかに二人を見つめて言った。

「私は天空の森に住むニュウトランです。貴方がたは天空の森の関門を通過できました」

「関門を通過？」リサがキョトンとして聞いた。

「そうです。私は貴方がたが天空の森に入ってから今までの一部始終を観察してきました。天空の森の動物や植物は皆貴方がたを歓迎しています。良い心を持った人たちだからです。二人は森の生き物たちから好かれたのです」

「ちょっと待って。鳥や虫たちが馴れ馴れしく寄ってきてくれたのは嬉しかったけど植物は分からないわ。あたしたちを恐れてはいないようだったけど……」

「森に入って自然と心が和んだでしょう」

「確かに」ヒカルが頷く。

「フィトンチッド（植物から出る揮発成分）を放出して二人を歓迎したのです」

「もし通過できなかったらどうなるの？」リサが再び質問した。

「私に会うことはありません。貴方がたに私が見えるのも、二人を良い心を持つ人たちと森の生き物たちが認めたからなのです」

ヒカルはニュウトランに会えた好機を逃さず丁寧に質問した。「僕たちはファントム・ピラミッドを探しています。場所をご存じでしたら教えて頂けませんか」

「その話は後で。私についてきて下さい」

ヒカルの質問には答えず再び大鷲に変身し、湖に向かって空に舞い上がった。

大鷲の目指す先を見ると、湖に遠目にもぽっかりと島が浮かんでいた。周囲四キロもなさそうな小さな島だった。

ヒカルがリサに囁いた。「湖のなかに島なんて在った？」

「さっきはなかったと思う」リサも小声で返して首を傾げた。

岸辺近くの水面ではカモやガンの仲間が賑やかに啼きながら群れていた。湖を渡りながら目を凝らすと、遊泳する大きな魚影が観察され、時折飛び跳ねて水飛沫を上げているのもいる。三羽の白鳥が群れから離れ、二人に寄ってきて挨拶代わりに馴れ馴れしく並んで少し飛ぶと、再び群れのなかに戻っていった。

17

島は楕円形の台地状で、湖面から高さ十メートル辺りからほぼ平坦な岩場が広がっていた。天空の森には珍しく殺風景な島で、生き物の痕跡は全く見られない。中央に直径二百メートルはありそうな半透明の円形ドーム型の建物が見えていた。二人が天空の森で初めて目にした人工物だが何か奇妙だ。ドームのなかは半透明の壁を通して微かに透けており、なかには何もないようだった。

ニュウトランはドームの前に下り立つと再びローブ姿に変身する。

「私に続いてください」ニュウトランはドームの壁の向こうに消えていった。

ヒカルが恐る恐る壁に向かって右手を突き出すと何の抵抗もなく壁のなかに入っていく。ヒカルが壁の向こうに消えたのを見てリサも続いた。

ドームのなかはガラス質で造られた大きな城の大広間のような光景が広がり、暖かく柔らかな光で包まれていた。円形で吹き抜けになっており、周囲を何段もの回廊が走り各階の部屋に続いている。一階から二階までは二十メートル程の高さがあり、幅五メートル程の階段が中央奥から二階に続いていた。数多のニュウトランがガラス質で出来た円盤に乗って空中を移動している。皆半透明で身に着けているローブも容姿もヒカルたちをドームに導いたニュートランとよく似ている。同じような風貌の女性も多く観られた。

ニュウトランたちが乗って空中を移動しているのと同じ透明なディスクが、二階の隅から飛んできてニュウトランと二人の足元に下りてきた。恐る恐る乗るとディスクが宙に浮く。不思議と安定感があった。

「私についてきてください」ニュウトランがゆっくり舞い上がる。

ヒカルとリサも浮上した。ディスクは乗り手の意思と連動しているようだ。緩やかに上昇しながら中央奥の階段近くまで移動すると、大広間の吹き抜けをゆっくり上っていく。二階まで上がると回廊の両脇に三階に昇る階段が見えてくる。二階までは中央階段が伸び、その先は三階と同じような階段が各上階に通じていた。ニュウトランはさらに上昇し十五階の回廊に下り立つ。ディスクは再び舞い上がって方向転換し、大広間の吹き抜けを下に戻っていった。

ニュウトランは二人を促して回廊を右に向かって四十メートル程歩き、『V3』の文字が仄かに煌めきながら浮き出ているガラス質のドアの前に立った。

「私の案内はここまでです。二人とも会議室に入ってください」

部屋は間口二十メートル、奥行き三十メートル程で、壁も床も天井も半透明のガラス質で覆われている。中央に楕円形の大きなテーブルがあり周りを十脚の肘掛け椅子が取り囲んでいた。

男女二人ずつのニュウトランが二人を待っていた。衣装や容姿は他のニュウトランとよく似ているが、男性は仄かに青色がかり、女性は桃色を帯びていた。

男性の一人がヒカルとリサによく通る澄んだ声を掛けた。

「私はニュウトラン元老院のサーバです」サーバは挨拶をしかけたヒカルを制して言った。「君たちのことは知っています。ヒカルとリサですね。天空の森に入ったときから観察していました。会話から二人の名前も分かりました」

サーバは二人に席を勧め、テーブルを挟んで向き合う形で四人のニュウトランも席につく。肘掛け椅子は、見た目はガラス質だが座板と背凭れは不思議と適度にクッションが効いていて座り心地は快適だった。

サーバの右隣りに座った男性が言った。「私はシナールです。ここに同席しているのは皆ニュウトラン元老院のメンバーです」

続けてシナールの隣の女性が口を開いた。「私はミーアです。私たちは貴方がた二人にとても感激していいます。ごく一部の特例を除いて今までニュウトラン以外でスカイドームに入れた人はいません。貴方がたが初めてなのです。天空の森の生物に受け入れられなければスカイドームに入ることはできません。貴方がた二人は、天空の森から初めて『良い人』という評価を得た人たちなのです」

サーバの左隣に席を置く四人目の女性が後を受けた。「アティーカです。天空の森は文明とは無縁の中和エネルギーの世界なのです。ここに生息する植物や動物の意識は感情と欲求だけで、そこに欲望はありません」

サーバが再び口を開いた。「プラスかマイナス・エネルギーのどちらかしか持たない者は、天空の森に入ることは出来ません。君たちが入れたということはハイブリッド（プラスとマイナス・エネルギーを両方有する者）だからで、つまりは天の川銀河のどこかの星から来たのでしょう。しかし文明世界からやってくれば多かれ少なかれ欲望というマイナス・エネルギーの介入があるので、天空の森の動物や植物に受け入れられることはありません。実際、天空の森の関門を通れた者は今まで誰一人いなかったのです」

ヒカルは思った。僕たちは特別な遺伝子を受け継いでいるので、天空の森に受け入れられたに違いない……

リサが尋ねた。「天空の森はニュウトランが管理してるの？」

「いいえ、私たちは一切干渉していません。スカイドームも中和エネルギーの世界ですが天空の森とは独立しています。私たちが管理しているのはスカイドームで、天空の森の中和ネルギーを安定に保つために機能しています」

ヒカルがファントム・ピラミッドの場所を尋ねるとシナールが訊いた。

「何の目的でファントム・ピラミッドに行くのですか？」

「金の矢と銀の矢を探しにいくのです」

途端に四人の元老院の表情が曇った。

元老院を代表してサーバがきっぱりと言った。「残念ながら協力はできません」

リサは戸惑った。「なぜだめなの？　せめて場所だけでも教えて頂けない？」

「それもできません」

ヒカルも当惑した。「協力できない理由とは？」

「非常に危険だからです。君たちを危険に晒すような手助けは出来ません」

リサはそれでも強く訴えた。「虫喰の森の脅威を排除するためにも、あたしたちはどうしても金の矢と銀の矢が必要なの」

「残念ながら金の矢と銀の矢は誰も手にすることができないのです。矢に触れた途端君たちは消滅してしまいます。だから手助けしてあげたくてもできないのです」サーバが残念そうに言った。

「そんな……」ヒカルとリサは唖然とした。

そのとき、サーバが右手を軽く上げて会議を中断した。「ちょっと失礼。ヒカルの仲間が来たようです」

サーバは謎の言葉を残して部屋を出ていった。

18

トネリーの宇宙船は小型とはいっても指令室を兼ねた広いコクピットの他に格納庫も広く、二十人のクルーを賄えるキャビンも充実していた。ヒカルとリサを見送った一行は宇宙船を設計したミルキーの案内で一通り船内の見学を終え、コクピットで話し込んでいた。

「二人が金の矢と銀の矢を手に入れて戻るまでどれくらい掛かるかな?」

ラッキーの問いにハッスルが応じた。「天空の森については全く情報がないので推測のしようがないな。いずれにしてもあと二時間程で日が暮れる。明るいうちに戻らなければ多分明日になるだろう」

ラッキーやハッスルに限らず、何の情報もないなかでひたすら二人が戻るのを待つことに皆イライラ感が募っていった。そんなときに思わぬ展開が訪れた。コクピットに虫喰の森の長老の幻影が現れたのだ。皆は期待と不安の入り混じった面持ちで長老の幻影を取り囲む。

「黒い魔女が虫喰の森に潜伏していた隠れ家が分かりました。無の洞窟です」

「長老、無の洞窟というのは初めて聞く地名ですが」クリーンが首を傾げた。

「西の森の北の果てにリアス沿岸が続く一帯があります。河岸沿いに、突端に標高千五百メートル程の切立った山が聳える半島があり、高さ二百メートルを超える断崖が西と北の森とを隔てる大河に落ちています。断崖は水面下でも百五十メートル程続いており五十メートル程下に水中洞窟がありあります。この辺り一帯は虫喰の森の住人の姿も殆ど見かけることのない辺境で地名も登録されていません。私が仮に無の洞窟と名づけました」

「そのような場所をどうやって突き止められたのですか」

「ナパティ、貴方のお陰なのです」

「えっ⁉」

「希望の谷で貴方は黒い魔女を強烈なプラス・エネルギー波で叩きのめしたでしょう。微かですがエネルギー波の痕跡が魔女の体内に残ったのです。モノリスが痕跡を辿った結果、痕跡が消える前に彼らの隠れ家を突き止めました」

「成程、虫喰の森の住民が殆ど立ち寄ることのない辺境だからこそ、黒い魔女は三年間も潜伏できたんじゃな」

「それは違います。如何に僻遠の地とはいえ私やモノリスの監視から三年間も逃れることはできません。黒い魔法使いを閉じ込めていた魔法の鏡と同様のものをダークが作ったのでしょう。黒の魔法なら可能です。恐らく三年前に黒い魔女が魂の沼を抜けて虫喰の森に入るとき、ダークの魔法の鏡を一緒に持ち込んだのです。鏡を隠れ家に設置しそのなかに閉じこもって気配を消していたのです」

「隠れ家を追跡できたということは、黒い魔女は黒い魔法使いを解放した後も隠れ家を行き来しているということですね。そこが彼らの本拠地でしょうか？」

「シュガー、私もモノリスもその見解で一致しています。根拠は外にも二つあります。一つは今まで希望の谷、勇気の山、そして荒涼地帯で黒い魔法使いたちとの戦いがありましたが、拠点となるような基地はダーク・キャスル以外に見つかっていません。但しダーク・キャスルは皆の働きですでに壊滅しています。もう一つはいずれの戦いの場所の近くでも、彼らが次元トンネルを張った痕跡が残っていました。残念ながら微かな痕跡のため移動先の特定には至らないものの、距離と方位は隠れ家を示唆するものでした」

「それでは可能性として、荒涼地帯で私たちと一戦交えた後黒い魔法使いたちとゼナーゼは本拠地と思われる隠れ家に戻ったのでしょうか？」とハッスル。

「そう考えてよいでしょう。恐らく黒い魔法使いと黒い魔女の他にも多くのゼナーゼが隠れ家に詰めているでしょう」

「それで俺たちは何をすればいいんだ？」

「隠れ家に行ってダークの魔法の鏡を破壊してください。黒い魔法使いたちは、まだ本拠地が私たちに知られたとは気づいていないはずです。ダークの魔法の鏡が無ければ、黒い魔法使いたちは虫喰の森に潜伏し続けることは出来ません。新しい基地を築いて魔法の鏡を移してしまわないうちに破壊する必要があります」

「ミッションは分かったわ。あたいたちに任せといて。でもヒカルやリサのサポートはどうなるの？　二人は金の矢と銀の矢を手に入れるために天空の森にいるわ。二人が矢を手に入れて荒涼地帯に戻ったとき誰もいなかったら困るわ」

「また二手に別れるしかなさそうじゃな。例えば儂とシュガー、ミルキーがここに残って残りの皆は隠れ家を目指すんじゃよ」

長老はトネリーの提案を却下した。「荒涼地帯でのトネリー、シュガー、ミルキーの活躍は目を見張るものがありました。二手に分かれて戦力を割くのは得策ではありません。皆で力を合わせてミッションをやり遂げて下さい」

「うわー、虫喰の森の長老に褒められちゃった」ミルキーは感激ではしゃいだが、シュガーやトネリーも満更ではなかった。

虫喰の森の長老の幻影は意味ありげな言葉を残してコクピットから消えた。「ヒカルとリサのことは大丈夫です。サポートには適任者を手配しました。今頃は天空の森でニュウトランと会っているはずです。皆は隠れ家でのミッションを終えたら虫喰の里へ来てください」

「二人をサポートする適任者とは誰なのだろう？」ラッキーが呟いた。

「虫喰の森の住人は皆プラス・エネルギーなので天空の森には行けないはずだが？……」ハッスルも首を傾げる。

「想像もつかないわね。でも長老が手配したと言うのだから天空の森に入れる適任者がいるのでしょう」とナパティ。

「二人のことは長老に任せるしかないと思います」

「クリーンの言うとおりじゃ。ヒカルとリサについてはここであれこれ気をもんでいても仕方がない。それより長老は、ミッションを終えたら長老の住む虫喰の里へ来るようにと言っておったな」

「二人は矢を手に入れても荒涼地帯には戻ってこないということかしら？」

シュガーの疑問をミルキーが受けた。「あたい思うけど、ヒカルやリサも矢を手に入れたら、ここに戻るのではなく虫喰の里に行くんじゃないかしら」

「いずれにしても、俺たちはミッションを果たすために無の洞窟に向かわなければならない。このことだけでもヒカルとリサに伝えられないだろうか」

「ヒカルにもペンダントを渡してあるので交信を試みているのだけどちっとも通じないのよ。どうやら虫喰の森と天空の森とは世界が違うので、テレパシーが届かないみたいなの」

19

サーバは二人の連れを伴って間もなく会議室に戻ってきた。一人はニュウトラン元老院長、もう一人はヒカルの知る人物で、白い薔薇の妖精のような美しい女性がヒカルに笑顔を向けた。

「ヒカル、無事で良かったわ」

「ローリー！　まさか、本当なの！」ヒカルは予想外の再開にただ仰天した。

「虫喰の森の長老の命でニュウトラン元老院長に親書を届けにきたのよ」

「ローリーだって虫喰の森の住人で純粋なプラス・エネルギーを持つ人だよね。なぜ天空の森に入れたりスカイドームを潜れたりできるの？」

「天の川銀河の安定のために天空の森は欠かせない存在なの。虫喰の森と意思疎通を図る橋渡し役として私のような『極一部の例外』がいるの。虫喰の森の長老からの委託で、任務を果たせるよう特別な免疫システムが備わっているの」

ローリーはリサにも笑顔を向けた。「貴方がリサですね。私はローリー、ホワイトローズ・マーリーです。虫喰の森の白い魔女なの。長老から貴方への言伝があるわ。『貴方には三年間の空白と辛い思いをさせてしまいました。陳謝します。ヒカルと共にもう少し力を貸してください』とのことです」

「ありがとう、ローリー。あたし頑張る。勇気が湧いてきたわ」

ニュウトラン元老院長がにこやかに微笑みながら口を開く。「どうだね、そろそろ私も仲間に入れてくれないかね」

「あっ、元老院長、ごめんなさい」

ローリーは元老院長をヒカルとリサに紹介した。名前はギャラバック、他のニュウトランと同じような容姿だが仄かに銀色に輝いている。額の皺が他の者より年齢を感じさせ落ち着いた威厳を保っていた。

ギャラバックは元老院側の中央に座り、ローリーには向かい側のリサの隣に席を勧めた。皆が席に着くと徐に口火を切った。

「虫喰の森の長老の親書からヒカルとリサが特別な遺伝子を継承していることがわかった。二人が天空の森に受け入れられたのは、勿論特別な遺伝子の関与があることもそうだが、二人とも天性の資質として『良い人』を備えていると親書にはあった。虫喰の森の長老として、天の川銀河に誕生した文明を保護することが重要な責務の一つであることは皆も知っての通りだ。二人はとある星の文明の危機を回避するために長老が相応しいと選んで虫喰の森に呼んだとのことだが、その最大の理由は二人とも『良い人』を備えていることだそうだ」

ミーアが目を輝かせて言った。「天空の森の動植物が二人に寄せる信頼の情は普通ではありませんでしたが、ギャラの説明で納得できました」

「ありがとうミーア。ヒカルやリサが虫喰の森で修行を積んで神、すなわち白い魔法使いや白い魔女の仲介役となればダークにとって脅威となる。そこで刺客として黒い魔女を虫喰の森に送ったのだ。ところで七千年前の黒い魔法使いと虫喰の森の戦士たちとの東の森での戦いは知っているな」元老院たちが頷いた。

「親書によると、七千年前、黒い魔法使いを魔法の鏡に閉じ込めるのではなく虫喰の森から追放すべきであったと書かれている」

アティーカが首を傾げた。「ダークにしてみれば、黒い魔法使いが追放されて戻って来るより虫喰の森で行方不明になるほうが脅威ではないでしょうか」

「長老も当時はそう考えていたようだ。だがそれは間違いで、黒い魔法使いを虫喰の森に留めるべきではなかったということだ。実際、七千年経って黒い魔法使いは黒い魔女によって解放されてしまった」

「それでは黒い魔法使いと黒い魔女は、今は虫喰の森にいるのですか？」

「そのとおりだよ、サーバ。彼奴らはまさにダークそのもの、邪悪の化身だ。それに不死身ときている。虫喰の森にいるだけでも脅威となる。マイナス・エネルギーだから天空の森には入れないといっても絶対ということはあり得ない。放っておけば必ず何か策を見つけ出すだろう」

「話が見えてきました、ギャラ。だから金の矢と銀の矢なのですね」

「そうだ。金と銀の矢は純粋な中和エネルギーだ。この矢だけが黒い魔法使いたちのマイナス・エネルギーを完璧に中和して消滅させることが出来る。しかし何人も矢に触ることはできない。中和エネルギーである私たちでさえも無理だ」

ここで初めてローリーが口を開いた。「ただ一つの例外がヒカルとリサだと虫喰の森の長老は言っています。虫喰の森と天空の森に深刻な脅威を及ぼし兼ねない黒い魔法使いと黒い魔女はこの際完全に排除すべきだと、長老は決断しました。そこでファントム・ピラミッドに保管されている金と銀の矢をヒカルとリサが授かる許可を頂きたいというのが、長老の親書の趣旨です」

「ローリー、ありがとう。サーバそして皆、どうだろう？　虫喰の森の長老の親書によってヒカルとリサが特別な遺伝子の継承と『良い人』という天性の資質を持つ人たちであることが分かった。そのことは、取りも直さず二人が金の矢と銀の矢を受け取る資格がある証ということだ」

「よく分かりました。私はヒカルとリサに協力することに同意します」

アティーカも同意した。「黒い魔法使いと黒い魔女を虫喰の森から追放するという選択肢もあるとは思います。しかしそれは一時凌ぎに過ぎません。ダークのことです。またぞろ黒い魔法使いを虫喰の森や、あるいは今度は天空の森に送り込んでこないとの保証はありません。この際虫喰の森と天空の森に及ぼし兼ねない深刻な脅威は排除しておくべきと考えます」

シナールとミーアも二人に協力することに異論はなかった。

「諸君、ありがとう。ではこの案件はその趣旨で元老院の評議会に諮るとしよう。サーバ、ご苦労だが速やかに評議会を招集してください」

「了解しました。では早速準備に取り掛かります」サーバは会議室を後にした。「評議会は今夜招集され直ぐにも評決が下りるだろう。既に結論が出ている案件だから何も心配することはない。シナール、後は頼む。皆さん、今夜はスカイドームでゆっくり寛いでくれ」ギャラはミーアとアティーカを連れて会議室を出ていった。

シナールがニコニコしながら言った。「ヒカルの仲間が来たというのは良いニュースで良かったですね」

シナールの言葉に気遣いと優しさが感じられ、ヒカルとリサは彼に好感を抱いた。ローリーもシナールが気に入ったようだ。

シナールの話によると、元老院は院長と十人のメンバーから構成され評議会は八人以上の元老院の出席で開催されるとのこと。大抵は今回のように案件の種類や領域ごとに専任の代表者によって予め調査、審議されるので、そこで同意が得られれば評議会の評決が揺らぐことは殆どない。また天空の森は何人にも干渉されない完全に独立した中和エネルギーの世界なので、番外地であるスカイドームのある島も常時人目に触れることはないとのことだった。

ヒカルは納得した。だから湖に着いたとき島に気づかなかったんだ……

本書はファンタジーであり、登場する天の川銀河や関連する宇宙論は実在する宇宙とはいっさい関係ありません。

平井としお
1949年東京生まれ。

薬剤師、薬学博士。R&D（研究室）で分析化学、代謝・薬物動態学を専門とする新薬開発の基礎研究に携わる。

（財）埼玉県生態系保護協会新座支部長（1992-2014）。

2022年より作家活動を開始する。

銀河ファンタジー　虫喰の森　上

2025年2月18日　　第1刷発行

著　者――― 平井としお
発　行――― つむぎ書房
〒103-0023　東京都中央区日本橋本町2-3-15
https://tsumugi-shobo.com/
電話／03-6281-9874
発　売――― 星雲社（共同出版社・流通責任出版社）
〒112-0005　東京都文京区水道1-3-30
電話／03-3868-3275

ISBN 978-4-434-34908-9